自閉症の僕が生きていく風景

東田直樹

角川文庫
22241

もくじ

I 風になり、花や木の声を聞く——僕のこと 11

III

ラジオ体操で手足を自覚した

Ⅲ　色そのものになって塗る――僕と表現　75

Ⅳ 受け取った幸せを みんなに返したい——生きる理由

昔のどんな自分も肯定したい

なぜ生きるのか？

I

風になり、花や木の声を聞く

僕のこと

言いたかった最初の言葉は？

人との違いを知った幼稚園

僕がどんなに人と違うのか、ということに気づいたのは幼稚園時代です。

幼稚園という場所は、姉が通っていたこともあり、僕にはときどき行く遊園地のようなイメージでした。

しかし、想像とは違い、幼稚園はただ自由に遊べばいい場所ではなかったのです。奇声をあげたり、自分勝手に動いたりするたび、先生や友達が僕を怒ります。僕は、なぜ自分が怒られるのか、まるでわかりません。気がつくと、僕はクラスの問題児で、みんなを困らせる存在になっていました。

僕は悲しくて、悲しくて、心の中は張り裂けそうな毎日でした。話せなかったので、謝りたくても「ごめんなさい」も言えず、ただへらへらしている僕を見てあきれている、みんなの顔を見るのが嫌でした。

この頃、自分が悪い子だということを、初めて知ったのです。

(どうしたら、みんなのようになれるのだろう)

僕は、いい子になりたくて、仕方ありませんでした。

けれども、みんなが当たり前にしていることさえ、僕には「宙返りをして」と言われるくらい難しいことだったのです。

たとえば、前を向いてと指示されても、前の人が横を向くと、どこが前だか混乱します。お遊戯の時間も、先生のまねなどとてもできません。自分の手足がどうなっているのかも、わからないからです。

僕は孤独でした。人は、いつも突然現れて何かをしろと命令するし、僕の気持ちをわかってくれません。友達は毎日がすごく楽しそうで、テレビの話や戦いごっこをしています。それは、僕にとってはつまらない遊びでした。

とにかく、疲れ果てていました。一人でいることだけが、自分を守るために小さな僕にできることでした。一人でいられさえすれば、安心できたのです。そんな僕の心をなぐさめてくれたのが自然です。

僕は風になり、花や木の声を聞いた

僕は、お日様や風、そして砂や木が大好きでした。一緒にいるだけで、心がなごみました。

お日様の光は、分子になって僕の身体を包み込みます。この世界に悲しいことなど一つもないかのように、僕の目の中で、きらきらと輝くのです。

風は、ヒュルヒュル、ビュービュー、走り続けます。肩の上でクルクル回ったり、ケラケラ笑ったりもします。僕は、腕をぐるぐる回しながら一緒に走ります。腕を回せば、ここから新しい風が生まれるからです。

この時、僕も風になります。まるで、肉体が溶けて空気にまざり、骨が伸びて水飴《みずあめ》になったみたいに、僕の身体はなくなるのです。おたけびをあげながら走り回る姿が、みんなに奇妙に映っても、風になった僕には関係ありません。

だけど、いつの間にか僕の身体には、ピノキオのような手足がくっついています。

作り物のような手足を引きずり、僕は砂場へ逃げ込むのです。砂をさらさら落とすたび、気持ちもほぐれるのでしょう。砂を握る僕の手に、だんだんと人間の体温が戻ってきます。砂は、とても美しいです。星くずのような細かな粒が地面に落ちるたび、白い砂埃《すなぼこり》が立ちます。砂埃の煙は、僕を魔法使いに変えます。そうすると、人間の言葉が話せない僕にも、木や花のささやき声が聞こえてくるのです。僕はじっと耳を傾けます。

（葉っぱの緑は、どうかしら）

（明日《あした》、きれいな花を咲かせるよ）

自然の命は、すばらしいと感じます。こんな僕でも、この地球で生きていていいのだ、と思える瞬間です。

僕は、臆病《おくびょう》なのです。心の中に存在している本当の自分を守るために、一人でいることを選んでしまいます。

大泣きし、軽くなった心

僕にとっては、みんなが宇宙人のように見えました。みんなは、ペラペラとわけのわからない言葉を話し、僕を珍しそうに見つめ、先生の一声で同じ行動をとります。僕は、見かけは同じ人なのに、なぜ自分はみんなと違うのか不思議でした。僕は人も、人である自分も嫌いでした。

幼稚園が大変でも、家に帰れば僕の居場所があることは大きな救いとなりました。

僕はよく泣いていました。自閉症が治るわけではありませんが、抱っこされて自分の気持ちを代弁してもらいながら泣けるだけ泣くと、心が少し軽くなるのです。泣いている人がいると、大抵は早く泣きやませるために気を紛らわせようとしたり、無視したりするはずです。だけど、気持ちを受けとめてもらいながら泣いた時には、心に羽がはえたような気分になりました。たぶん、見かけでは僕の心の変化はわからなかったでしょう。

僕は、つらくて仕方がなかったので、いつも大暴れしながら泣き続けました。母の髪の毛を引っ張る、叩《たた》くなどしたこともあります。気持ちが収まらなくて一時間以上泣き続けても、母は辛抱強く、僕が泣ききるのを待ってくれたのです。ずっと抱っこし続けるのは疲れることなのに、母は終わると必ず「すっきりして、よかったね」と笑ってくれました。

両親は、みんなとは違う僕をとても心配して、いろいろな病院に連れて行ってくれました。しかし、検査や診察をしても、僕の障害は治りませんでした。

僕は検査を受けるたびに、本当にダメな子どもなのだと思い知らされました。医師から説明を受けて落ち込んでいる両親の姿を見ては、僕なんかいなくなればいいのにと何度思ったかしれません。

僕は心の中ではいろいろなことを考えていましたが、話すことはほとんどできなかったので、自分の気持ちを人に伝えたことはありませんでした。話そうとすると、頭の中が真っ白になってしまうからです。

言いたかった最初の言葉は「ごめんなさい」と「ありがとう」

文字に関しては、幼少期から僕は、言葉や数字に強い関心をもっていて、看板に書かれている文字や商品のロゴなどを見ては記憶し、次々とお絵かきボードや空中に書き写していました。好きなことは、向こうから僕の頭の中に飛び込んでくるみたいな感覚だったのです。

四歳頃から筆談にも取り組みました。これは、必要なことを文字で書いてやりとりするのではなく、当事者の手の上に援助者が手を重ねて、一緒に文字を書くという方法です。

僕が、最初に言いたかったのは「ごめんなさい」という言葉、そして「ありがとう」という言葉です。

みんなにとっては何気ない、「うん」「ちがう」「どっちでもいい」という意思表示の言葉が使えるのも、僕にとっては夢のようなことでした。人からうながされたり、言わされたりして使う言葉は、僕の本当の言葉ではないのです。どうして自分の言いたい言葉が言えないのかはわかりません。けれども、僕はようやく、自分の言葉を人に伝えることができるようになったのです。

それからは、両親とこれまで話せなかった時間を埋めるように、たくさんの話をしました。僕は、最初何だか照れくさい気持ちでいました。話せない時には心の中で、ひとり文句ばっかり言っていたくせに、いざ気持ちを伝えられるようになっても、なかなか素直に自分の気持ちが言えませんでした。

僕の書いた文章で、両親が一喜一憂する姿にも驚きました。両親はみんなと同じようにできない僕が傷ついていないか、とても気にしてくれていたのです。

思いを伝えられるようになって、僕は初めて言葉の重みを知りました。自分の気持ちを伝えることは、相手の気持ちを受けとめることだったのです。

他の人から見れば、僕は言葉も通じない知的障害のある気の毒な子どもだったでしょう。でも、僕自身はかわいそうだと思われたかったわけでも、守られたかったわけでもありません。ただ、このひとりぼっちの洞窟《どうくつ》のような世界から、どうやったら抜け出せるのか、教えてもらいたかっただけなのです。

自分が書く文章を人が喜んでくれる

神様にお願いして眠れば、次の日には普通の子になっているのではと、何度思ったかしれません。しかし、朝目覚めて見る景色はいつも同じでした。相変わらず僕はみんなより遅れていて、どうにかしなければいけない子だったのです。

僕が叱られたことや失敗したことばかり伝えるため、両親を悲しませているようで余計につらくなりました。僕の気持ちがわかるようになったとはいえ、両親も心を痛めていたと思います。そんな母からある日、お話を書いてみようと誘われました。

僕は、おもしろそうだと思い「くもをそらに」という題の短い物語を書きました。ミミズクのお母さんと子どもの話です。空に雲が足りないので、蜜《みつ》を集め、そこに虫を呼んできてお花の国をつくります。きれいな花からたくさんの雲が生まれ、みんなの気持ちを優しく気持ちよくしてくれるという物語です。

母は、僕がつくったお話をとても褒めてくれました。こうして、詩や物語の創作が僕の日課になったのです。自分が書く文章を人が喜んでくれる。そのことが、僕にとって何よりの幸せになりました。

物語は、僕のもう一つの居場所でした。

僕は、みんなに頼りにされ、誰からも好かれる人になりたいと願っていました。現実にはとても無理なことでも、物語の中でなら、その夢を叶えられます。

優しくて勇気のある少年、賢いけれどちょっとどじな性格の主人公は、僕の理想の姿です。

最初は、登場人物も神様や母が中心でした。天国の扉を開く話やトンネルを明るく照らす話など、今の生活から逃れたい一心で書いていたような気がします。成長とともに、物語は身近な世界が舞台となっていきます。書き始めて三年後には、家族だけでなく友達やいろいろな生き物も作品の中に登場するようになりました。

僕は、日常生活のひとこまを切り取ったような作品が好きです。どこにでもありそうな風景の中にこそ、本当の幸せがあると感じています。

指すことで言いたかった思いを表現する

僕が文章を書けるということを、信じてくれない人もいます。それは、僕が重度の自閉症だからです。

僕は、みんなのように話せないばかりか、普通では理解できないような行動もします。まるで、壊れたロボットを操縦するような身体。言葉は理解できていても、それを行動に結びつけることもできません。何をするにも気持ちに折り合いが必要で、成功体験をイメージしないと簡単な指示にも従えないのです。

意味のない行動を繰り返すこだわりは、僕から自由を奪ってしまいます。奇声やひとり言も、自分が望んでやっているわけではありません。人を困らせてばかりいると思われていますが、実は、僕がいちばん困っていることを、一体誰が想像できるでしょう。

自分の力では何もできない僕が、想像力を必要とする物語を書くというのですから、驚かれるのも無理はありません。

僕は、いくら練習しても話せるようにはなりませんでした。思ったことや考えたことをひとりで書こうとしても、何を書こうとしたのか、一文字書いている間にわからなくなりました。

僕の伝えたい言葉が頭から消えてしまう前に表出するには、どうすればいいのか悩みました。その結果、言葉を指す方法に切り替えたのです。指すことなら書くことより、短い時間で簡単に表現できるはずです。

母が考案した「文字盤ポインティング」の練習は、ここから始まりました。

文字盤を見ながら、僕は消えてしまう言葉を思い出すきっかけをつくっています。この方法は、たとえばテレビに出ている俳優の名前を忘れても、頭文字が出てくれば思い出せる感じと似ているような気がします。

文字盤は最初、ひらがなの文字を指していましたが、僕が小学校二年生の時、ローマ字表を覚えたことをきっかけに、文字盤の文字をアルファベットに変え、パソコンなどのキーボードと同じ文字の配列に変更しました。

文字盤ポインティングを練習することで、僕は少しずつ、自力で思いを人に伝えられるようになったのです。

「文字盤ポインティング」をしている時

文字盤ポインティングをしている時の僕の頭の中は、こんな感じです。

文字盤を見ていると、僕は気になる文字が目にとまるので、その文字が先頭となる単語を頭の中に羅列します。「い」が頭に位置する単語なら、「行く、今、急ぐ、意味、犬、いる」などを思い浮かべます。その中で言いたかった言葉が見つかると、文章の続きを思い出すことができます。

ローマ字打ちの利点は、二つあると思っています。

①ひらがなは50音からの選択になりますが、ローマ字打ちなら26文字からの選択なので、文字を見つけやすい。

②ローマ字打ちの場合、文字を打つ回数が多くなることがあっても（か→1回、KA→2回）、濁音、半濁音なども、アルファベットを打つことで表記できる。26文字からの選択の繰り返しで言葉や文章の全てが表現できるため、ルールが一つでシンプルである。

現在、僕は講演会でも、会場からの質問にはその場で答えるようにしています。僕の姿を見て、重度の自閉症をご存じの方は非常に驚かれます。

文字盤ポインティングの練習を始めた頃は、文字を指すことで精一杯でしたが、今は文字を指しながら指した文字を自分で読むという方法で、コミュニケーションがとれるようになってきました。創作の際はパソコンを使っていますが、文字にこだわりの強い僕は、パソコンの画面に出てくる文字を見ると、そちらに気をとられ、文字変換をし続けたり、自分の気になる言葉を打ったりして、会話にならなくなってしまいます。

僕は、どんな人も内面というものをもっていると信じています。それを表現できるかどうかは、その人の努力だけでは、どうしようもないことなのだと思います。なぜなら、コミュニケーションがとれない人にとって、自分の気持ちを伝えるのは、大きな壁に穴を開けなければいけないくらい大変なことだからです。

普通の人は自由に会話し、身体も自分の意思でコントロールできます。そんな当たり前のことができない、自分のことが自分でもよくわからない、それが僕のような自閉症者ではないのでしょうか。

名札で記憶、クラスメイトはいつも初対面

歩いていると、花、木、石ころが応援してくれる

小さい頃の僕は、いつも迷子になっていました。ほんの一瞬、目を離した隙にいなくなるので、両親はほとほと困り果てていました。どこかに行きたかったわけではありません。道を見ると歩きたくなってしまうのです。それが、幸福への一本道であるかのように、僕は歩き続けてしまいます。

迷子になるのが怖いと思ったこともありません。歩いていると、花や木や石ころが僕を応援してくれているかのように思え、うきうきした気分になれます。誰とも会話できませんでしたが、自然はいつでも僕の味方でした。

僕は、うれしかったのです。どこまでも歩けることが。ずっと続く道を歩いている間、幸せを感じていました。だから、どんなに怒られても、一人で出歩くことはやめられなかったのです。それは、僕が自閉症だからでしょう。普通の子な

ら、怒られるのが嫌で親の注意を聞くと思います。

けれども、僕にとって怒られることは、自分の行動を修正することにはつながりませんでした。なぜなら、歩くこと自体は悪いことではないので、怒られるとは考えていなかったせいです。場面としての記憶しかないために、歩く場面と怒られている場面が、説明されてもうまく結びつかなかったのです。

「迷子になったら家に帰れなくなるよ」と注意されましたが、最終的には親が見つけてくれるので、僕は困りませんでした。まるで、パレードを見ていた子どもが途中で親に帰ると言われた時のように、ただ残念なだけだったのです。

今は、それほど迷子にはならなくなりました。その理由は二つあります。

一つは警察に補導されたり、車にひかれそうになったりしたので、一人で行動するのは危険だと認識できるようになったこと。もう一つは、迷子になった後のことが、ようやく予想できるようになったからです。自分の障害がどういうものかわかるまでに、僕は十年以上かかりました。

遊具と庭のある幼稚園は楽しかった

幼稚園は楽しかったです。それは、幼稚園には、お気に入りの遊具があったからです。ひと目で見渡せる狭い園庭も、ぐるぐる同じ所を走り回るのが好きな僕には、ちょうどよい広さでした。

登園すると、連絡帳にシールを貼ることから、幼稚園での一日が始まります。みんなは、シールを貼ることを楽しみにしていたようでしたが、僕はシール貼りを楽しいと思ったことはありません。やらないと注意されるので、やっていただけです。僕のような重度の自閉症の子に、シールを貼る喜びを理解させるのは難しいのではないでしょうか。

なぜなら、シールを貼っても音は出ないし、手にカチッと、はまるような感触もないからです。日付けの下に毎日シールを貼り、全部貼れるとごほうびシールがもらえて、先生にほめられます。けれど僕は、どうして幼稚園に通ってシールを貼ればほめられるのか、わからなかったのです。僕にとって、幼稚園へ毎日行くことは、当たり前のことだったからです。

幼稚園のみんなは、いつも楽しそうでした。テレビのヒーローのまねをしたり、仲良しの子と役割分担をしたりして遊んでいました。僕に声をかける子は、あまりいませんでした。

クラスで何か作業をする時には、お世話係のような子が、僕にあれこれ指示してくれました。その様子を見て、大人たちは満足そうでした。僕にも友達ができたと喜んでいました。僕は、友達がどういうものか知りませんでしたが、いろいろやってくれるのが友達ではないことだけはわかりました。面倒をみてもらっている僕の気持ちは、とてもみじめだったからです。

同級生から教えられたり、注意されたりするたび、僕はみんなと比べて何もできない子だと思い知らされました。

みなさんは、障害者のこんな思いに気づいたことがありますか？

行きたい、けれど散々だった小学校の入学式

自分が障害児だとわかり、みんなと同じ小学校に行くことができるのか心配でした。障害のある子は、別の学校に行かなければいけないと、僕は気づいていたのです。

それが悪いことではないのは知っていましたが、障害児ばかりが集まる学校に行くことによって、みんなとは違う将来が待っているような気がして、僕は嫌でした。

二つ上の姉が地域の小学校に通っていたので、僕もそこへ行きたいと願いました。幸い両親も普通小学校への就学を望んでくれたため、僕は姉と一緒の小学校に通うことになったのです。

僕はランドセルや机を買ってもらって、ぴかぴかの一年生になることに憧《あこが》れていました。なぜなら、姉がそうしてもらっていたからです。

両親は、障害のある僕にも姉と同じように就学準備をしてくれました。その時

のうれしさは、一生忘れないでしょう。僕が一年生になるのを、世界中の人からお祝いされているような気分でした。

しかし、小学校では、幼稚園以上につらい現実が待っていました。

入学式から散々でした。僕の両脇には、特別に六年生が付き添ってくれたのですが、式の途中から、僕はつないでくれていた六年生の手を振りほどき、壇上に整列していた鼓笛隊の太鼓のばちを上級生から奪い取り、自分で叩《たた》こうとしたのです。小学校の先生が、僕からばちを取り戻そうとしましたが、僕は離さずわめき続け、今度は体育館の後ろに走り出してしまいました。会場は騒然としました。参列者は、何が起こったのか理解できないようでした。すぐに母が、僕のところに駆け寄ってきました。母は先生に謝っていましたが、僕を責めることはありませんでした。

僕は、入学式の緊張感にいたたまれなくなってしまったのです。まるで場違いな場所に自分がいるようでした。

幸運は、母が一緒にいてくれたこと

入学式で大失敗をしてしまった僕は、恥ずかしさでいっぱいでした。みんなが、僕を笑っているような気がして、暗い気持ちになりました。

僕は、なぜみんながきちんとした行動をとれるのか不思議でした。授業中に席を立つこともなく、おしゃべりもせずに、先生から指示された通りに動けるみんなのことをうらやましいと思いました。

小学校は、普通クラスに在籍しました。多動だったこともあり、授業中も母が僕に付き添うことになりました。学校の中で問題児だった僕でしたが、母の存在のおかげで、友達にいじめられることも、先生から必要以上に怒られることもありませんでした。母が一緒にいてくれたことで、僕の気持ちは救われました。今から考えると、それは僕にとって人生でいちばんの幸運だったのではないかという気がしています。

母は、いつも子どもたちに囲まれていました。僕の面倒をみるというより、先生と保護者の区別もつかない子どもたちの相手をするために、学校に行っているようなものでした。

母は、僕が混乱しないように、先生が今何を指示しているのか、一つひとつ説明してくれました。僕が友達にからかわれていると、さりげなく助けてくれたり、どうすれば授業を理解できるのか、工夫して教えてくれたりしました。

子どもは本来、学ぶことが大好きなはずです。それが楽しいと思えなくなる大きな原因は、学校が嫌いになることではないのでしょうか。

僕は小学校へ通うようになり、勉強以外にやらなければならないことが、あまりにも多いのに驚きました。勉強以上に大切なことは、もちろんあるでしょう。けれども、そのために学校へ行くのが嫌になる子どももいるのです。そういった子は、楽しく学問をするチャンスを失うことになります。

いつも初対面、名札で記憶するクラスメイト

小学校では、クラスメイトが二十六人いました。

幼稚園の時には、同じクラスに誰がいるかなど、僕は気にしませんでしたが、小学校に通うようになり、急に人を意識する気持ちが芽生えてきました。きっと、僕の中で人とかかわりたい気持ちが育ってきたのでしょう。自分もみんなと一緒にいたいと、ようやくそう思えるようになりました。

僕は人の顔を覚えられませんでしたから、名札や机などに貼ってある名前シールでクラスメイトを記憶しました。体格がよかったり、メガネをかけていたりなど、何か特徴のある子だと他の子と区別できました。

友達に話しかけられても、いつも初対面の人と会っている感覚だったのです。話は聞いていましたが「この子は誰だろう」という疑問が消えたことはありませんでした。

目の前にいる子の名前がわかると、うれしくなって、何度も名前を呼んでしま

います。その子に対して、もやがかかっていたような人物像が、僕の頭の中でははっきりするからです。こうして僕は、だんだん友達の顔より名札を気にするようになりました。その人が誰か知るには、文字が唯一の手がかりでした。

文字を読んだり書いたりすることはできても、僕が話せないことは、みんなもすぐに気づきました。けれども、それほど不思議には思われていないような感じでした。みんなは、自分の興味のあることや友達と遊ぶことに忙しく、僕のことなど関心がなかったのではないでしょうか。

それでも、たまに遊んでくれたり、並んで勉強してくれたりする友達もいました。それは、やさしさというより、その子がその時、そうしたかったのだと思います。気が向いた時にそばに来てくれるクラスメイトに対して、僕は嫌な気はしませんでした。なぜならその時間、一緒にいることが心地よかったからです。

友達が関心をもってくれる五分がうれしかった

僕は〝ひとり〟が好きなわけではありません。しかし、できないことが多いからといって、必要以上に世話を焼かれると嫌になります。それは、健常者でも同じだと思いますが、自分で気持ちを伝えないかぎりわかってもらえません。面倒をみてあげようとしている人の気持ちは、自分本位になっている場合もあるのではないでしょうか。ただ一緒にいたいと考えてくれている時は、誰かのために行動しているわけではないので、お互いにとって無理がありません。

小学校時代、普通学級に在籍していた頃にはこんなことがありました。休み時間に僕が一人で地面に文字を書いていると、何をしているのかなと、のぞいてくる同級生がいました。僕が漢字や鏡文字（鏡に映ったように左右が逆になった文字）を書いているのがわかると、まねをしてやってみてくれます。すぐにあきて、その子はどこかに行ってしまいますが、関心をもってくれたのが五分でも、僕はうれしかったです。まるで、自分の趣味についておしゃべりをしている気分になったからでしょう。

休み時間が終わるチャイムが鳴っても僕が運動場にいると、クラスメイトが声をかけてくれましたが、僕は、なぜか校舎とは反対方向に走り出すこともありました。すると、クラスメイトが心配して追いかけてくれるのです。かけっこではビリなのに、こういう時の僕はつかまりません。二回目のチャイムで、みんなも僕もあきらめて教室に戻ります。たまに行われる友達とのこんな鬼ごっこは、とても楽しかったです。

僕が望んでいたことは、心がほっとするような学校生活です。健常者と同じことを行うために、みんなに面倒をみてもらいたかったわけではありません。どこにいても、僕が僕であることに変わりはないのです。たとえ短い時間でも、ありのままの僕を受け入れてもらった時に、自分もこの学校の一員だという気持ちになりました。

子どもの時間を宝物にする、居心地のいい学校

学ぶチャンスは、みんなに平等であってほしいと願っています。そのために学校は、誰にとっても居心地のいい場所でなければいけません。

勉強は教えられてするものだと考えている人が多いかもしれませんが、そんなことはないと思います。子どもは自分で学ぶ力をもっていますし、日々いろいろなことを吸収しているはずです。

学校でしか学べないことは基本的にはないと考えていますが、学校での勉強には特別な意味があると僕は思っています。それは何かというと、学校には勉強するための教室があり、先生や仲間がいることです。いつでも、どこでも勉強はできますが、そんな環境で学べるのは一生のうちで子どもの時だけだからです。

子ども時代は、どんな人にも、かけがえのない宝物のような時間です。その時に自分が誰とどこで過ごしていたかによって、宝石箱がダイアモンドでいっぱいになるのか、石ころだらけになってしまうのか決まるのだと感じます。

幸せな記憶の多い人は、子ども時代を何度も振り返り、幸福な気分に浸れるでしょう。しかし、悲しい記憶しかない人は、昔のことなど思い出したくもないはずです。

もし、学校が誰にとっても居心地のいい場所であるなら、たとえ家庭や自分自身に問題があったとしても、宝石箱が石ころだらけになることはありません。学校でみんなと一緒に勉強したり遊んだりしたことは、忘れられない楽しい思い出になります。

あの時、みんなと一緒に笑っていたという事実が人の心を救うのです。

つらい時もあったでしょう。苦しい時もあったでしょう。それでも、あなたが笑顔でいられる場所があったのです。

子ども時代の記憶は、なぜこんなにも大切なのでしょうか。

記憶の中の自分が幸せであってほしい

記憶の中の幼い僕は、自分であって自分ではない存在です。今の僕は、子どもだった頃とは、容姿もできることも、まるで違う人間になっています。僕はときどき、小さかった頃の泣いていた自分を思い出します。しかし、どんなにつらくても、小さい頃に泣いていた自分を、今の僕が助けることはできません。それは、どうしようもないことだとわかっています。けれど、記憶の中で泣き続ける自分を、僕は忘れることができないのです。なぜなら、どんなにつらく苦しかったのかは、僕だけにしかわからないものだからです。

その時に、何とかしてほしかったという思いは、消えることはありません。今の自分と重なる人もいるかもしれません。今も昔も不幸なら、その人の人生は寂しいものになってしまいます。今つらくても小さい頃幸せだったなら、必ずあの時のように誰かが自分を助けてくれると、人は人を信じられるようになるでしょう。

子どもは、笑顔で元気でなければいけません。身体がすくすく大きくなるように、心もまっすぐに育つべきです。子どもがいじめにあっても、仕方のないことだ、社会に出ればもっとつらいことはあるのだから、というのは大人の言い分です。子どもだからこそ、いじめられてはいけないのです。子どもは、大人が守るべき存在だと思います。

学校でいじめられている子どもがいれば、助けてあげてください。どこかで泣いている子どもがいれば、なぐさめてあげてください。その子は、きっと、あなたが自分を救ってくれたことを一生忘れないでしょう。

僕は、記憶の中の自分がいつも幸せであってほしいと願っています。そうすれば、嫌なことがあった時も、いずれよくなると信じられるからです。信じる力が、人の未来を切り開いていくのではないでしょうか。

column　僕の日常、僕の幸せ

夕焼けのオレンジは命の色

自然は、命そのものだと思います。そして、僕がいちばん好きなのは、夕焼けです。夕焼けは、地球で最も美しい景色ではないでしょうか。どこにいても、どんな時にも、夕焼けの雄大さは変わりません。僕は、夕焼けのオレンジこそ、命の色だと感じています。

この地上は、朝と夜で成り立っています。夜に誰かが泣いたとしても、必ず次の朝には笑えるように、神様が用意してくれた二つの世界です。誰とどこで何をしても、一日の終わりは必ずやってきます。夕焼けを見ながら、自分はよい行いをしたのか、幸せだったのか、思い悩む人もいると思います。

夕焼けのオレンジ色の輝きは、まぶたの裏に焼きつきます。その輝きがまぶしいのか、心の痛みのために目を開けられないのか、お日様は沈んでいるのに、僕は夕焼けをこの目で直視することができません。うす暗くなっていく山や木々に目をそらしているうちに、夕焼けはだんだんとその姿を消していきます。

夕焼けは、朝と夜の境界線だと思います。このオレンジ色の光の帯は、今日の終わりを教えてくれます。手に届きそうなくらい近くに見えるのに、走っても走っても夕焼けには追いつけません。僕は夕焼けを見るたびに、太古の昔から人々は、この夕焼けに何を願ってきたのだろうかと考えます。

人間だけではありません。植物も動物も、お日様が沈めば、夜の生活に変わります。植物や動物には人間のような感情はないかもしれません。けれども、夕焼けは彼らの目に映り、お日様の光が消えたことは身体に感じるのではないでしょうか。それは、彼らに命があるからだと思います。僕のいう命は、存在そのもののすばらしさです。

その日の夕焼けを見られるのは、今日という日を生き抜いたものだけです。すべての命は僕の仲間です。その仲間を愛《いと》おしみながら、僕の一日は終わります。

II

記憶は点、僕に明日はない

僕と自閉症

記憶は薄れないで積み重なる

回転するもの、並んでいるものを見るのが快感

僕が他人を意識し始めたのは、幼稚園くらいの時でした。それまでは、世話を焼いてくれる家族に対しても、それほど強い関心があるわけではなかったような気がします。

僕は、人よりも光や砂や水にひかれました。

それらを見つめ、その感触を楽しむことが、生きる喜びだったのです。自然と一体化した世界は、僕に永遠の幸福を約束してくれるかのようでした。その頃の僕は、自分が人だということも、よくわかっていなかったと思います。僕の目には、人も風景の一部みたいな感じだったのではないでしょうか。普通の赤ちゃんがするような人見知りや後追いもなかったと、母から聞いています。

今から考えると、自閉症の感覚というものは、かなり小さい頃からもっていた

ように思います。

たとえば、ミニカーを見ても、僕は自動車として動かしたり、友達と遊んだりすることはなかったです。それが車だとは思わなかったこともあります。僕にとっての車は、道路を走る普通の車だけだったからです。僕がミニカーを見てまずやることは、ミニカーをひっくり返しタイヤをくるくる回すことでした。とにかく、回転するものが好きだったので、小さいタイヤが四つもついているのがおもしろかったのです。

タイヤを回すことにあきると、今度はミニカーを並べます。並べることがおもしろいのではありません。並んだミニカーを見るのが楽しかったのです。自分の考える通りに物が並んでいるのを見ると、とても満足しました。この満足感というのは、クイズの答えがわかった時の達成感に似ています。ですから、並べることに役割やストーリーがなくても、何度もやりたくなるのです。

並べることをほめられても、僕は特にうれしいとも感じませんでした。他の人に見てもらいたいからではなく、脳の快感のためにやっていたことだったからです。

記憶が線にならず、明日を想像できない

普通になれないことが、悲しいことばかりではないと僕が言いたいのは、自閉症が治らない障害だからではありません。僕にとって自閉症とは、僕自身を表す言葉ではないからです。

今の僕は日本人であり、高校三年生であり、作家である十八歳の男性（執筆当時）です。運動音痴で不器用ですが、自然が好きで、いつも頭の中でいろいろなことを空想しています。そんな僕の個性の一つが自閉症なのであって、自閉症であることが僕のすべてではないのです。

けれども一部の人は、自閉症であることで、僕のすべてがわかったように判断してしまいます。それとは逆に、自閉症であるがために、僕のすべてが理解できないという人もいます。それが、僕を誰だかわからない人間にしていることに、みんなは気づいていません。

僕という人間を先入観なしに見てください。そこからすべては始まるのではな

いでしょうか。

普通の人のように自分で何でもできれば、今よりもずっと、僕は生きやすい人生を送れるとは思います。しかし、今以上に幸せになれるかどうかはわかりません。そう考えられるようになったのが、とてもうれしいことなのです。

幸せは、自分の心が決めるものです。いくら周りから見て、その人がかわいそうであっても気の毒そうであっても、本人が幸せならいいのだと思います。

どんなに幸せでも、それが永遠に続かないのも事実です。人生は、未来に向かって動いているということを、僕はしっかりと認識しなければなりません。

僕には、明日が想像できません。記憶が線でつながらず、点のような感覚だからです。明日という日は、今日の続きではないのです。

たぶんみんなは、連続テレビドラマのような毎日だと思いますが、僕の明日は、新しい自分がそこにいるだけです。

では、新しい自分とは、どのようなものでしょう。

アルバムの中の僕と今の僕は同じ僕

僕にとって、毎日が新しい自分だというのは、昨日の記憶が消えてしまうからではありません。記憶は残っていますが、過去の中でどの位置にあるのかがわからないのです。朝を迎えることは、今日の僕がそこに存在するだけです。

思い出を振り返った時、普通の人は、当時の自分が小さかったとか、何歳くらいだったかでも記憶を並べられると聞きました。僕はそういうことができません。なぜなら、思い出を振り返っても、昔の僕は登場しないからです。そこにいる僕は、いつでも今の僕なのです。正確にいうと、今の僕も思い出の中に登場するわけではなく、今の僕が当時の場面をのぞいています。

アルバムを見ると、写真に写っているのは、小さい頃の僕だと理解はできます。また、僕の頭の中の記憶と重ねることも可能です。けれども、その頃の僕を客観的に見ることは難しいです。それは、アルバムの中の僕と今の僕が、同じ僕だからです。いくら見かけが変わっても、僕であることに違いはありません。ですから、記憶の中にも今の僕しか現れないのです。そして、何をしたかではなく、僕がどう感じたのかが、記憶の中で最も重要な事柄になっています。

自閉症者がカレンダーを使って予定を書き込むと安心するのは、連続性としての日にちの感覚がないからだと思います。

普通の人でも、たとえば十年先に、自分や周りの人がどうなっているのかを不安に感じることがあるのではないでしょうか。明日の予定を書いて安心するのは、僕たちには明日のことも十年先のことも同じだからです。

明日という日が今日の次にきて、僕はその日も今と同じように暮らしている。決まりごとのような毎日があるということが、心の安定につながります。明日何が起きるのか期待するのは、明日が見えない僕には難しいことでした。

寝ること。それは一日の最後に行う儀式

見えない明日とは、どのようなものでしょう。

僕にとって眠るとは、一日の最後に行う儀式なのです。毎日同じ時間に布団を敷き、歯を磨き「おやすみなさい」を家族に告げます。

その他にも寝る前には、いくつか自分で決めている、こだわり行動もこなさなければなりません。僕の場合は、足を踏みならして手を伸ばしたり、「本読む、明日読む」と言ったり、数分ごとに十個くらいあります。それらがいいタイミングで無事に終了すると、一仕事終えた時みたいにほっとします。そして、眠くても眠くなくても布団に入るのです。

僕は、何か行事がある時以外は明日について考えません。今日の反省をしているわけでもありません。布団に入ってから何をしているのかというと、たいていが自分を主人公にした物語をつくっているのです。それは、時に冒険ものだったり、時にありきたりな日常風景だったりします。

その他にも、テレビのアニメ番組に新しいキャラクターを登場させたり、番組の続きのストーリーをつくったりしています。寝る前は、誰にも邪魔されない自由な時間なのでリラックスしすぎて、つい布団の中で一人、笑い転げてしまうこともあるくらいです。

行事がある時も、いつあるのか、話だけでは理解できないことも多いですが、枕元にリュックサックを用意すれば、翌日は遠足だとわかり、はちまきを用意すれば運動会だと理解できます。

いつ何があるのか、みんなが話している内容が僕には想像できないのです。何度か経験するうちに、自分の頭の中で正しいものを線でつなぐように、ヒントとなるものと話の中の鍵《かぎ》となる単語が一致します。

カレンダーも重要な目安になります。以前の記憶は、日付と共に脳にインプットされているので、その日付が近づくと、僕の頭の中であることが起こるからです。

昔の記憶は薄れることなく積み重なっていく

思い出に残るようなできごとの場合、日付も同時に記憶されます。まるで、たくさんある商品の中から、お気に入りの物に目印をつけるように、思い出に日付という番号が結びつきます。困るのは、嫌な思い出にも自動的に日付という番号がついてしまうことです。

そうすると、特定の日付になった時に、以前あったできごとが頭の中に浮かび上がってくるのです。そこで起きた内容ではなく、僕がどんな思いだったのかということが、最も重大な問題になります。うれしかったのか苦しかったのか、その時の感情が津波のように僕を襲うのです。どうして、そんな気持ちになったのか理由は関係ありません。記憶のせいで僕の心が悲しみでいっぱいになると、つらくてつらくて仕方なくなります。逆に喜びでいっぱいになると、幸せな気分に包みこまれます。

同じ日付でいくつか記憶に残るできごとがある時には、強く印象に残った思い出が一番に蘇《よみがえ》ってくるので、その感情をまず思い出します。他の記憶も消えるわけではありませんから、ますます不安定になるのです。

僕は苦しかった気持ちを話せなかったので、場所や一緒にいた人の名前、日付を繰り返し言うことくらいしかできませんでした。事情を知らない周りの人は僕の気持ちなどわかるはずもなく、見当違いのことばかり言うので、余計いらいらしていました。

普通の人の記憶とは違うと知ったのは、僕が中学生の頃です。みんなの過去は、今とは別のものなのでしょう。僕が昔の記憶に苦しんでいる時、どうすればいいのかについては難しい問題です。なぜなら、その記憶は薄れることなく、ただ積み重なっていくものだからです。

僕にとって過去のできごととは、永久に終わらないジェットコースターから見る景色そのものです。どんなに怖くても、途中で降りることはできません。

一つのことしか表さない数字は、見ていて安心

カレンダーは、わかりづらいです。

それは、自分の行動と日付が結びつかないからです。わかりづらいというのは、今日が何日かがわからないのではなく、今日がその日だということが、僕には理解できないのです。

終わった日付を消せば、視覚的にはわかりやすくなります。しかし、時間の流れという感覚がない人に、「今日」を理解させるために、カレンダーの日付を見るように言っても、意味がわからないのだと思います。

一日はたくさんの連続する場面のつながりです。朝起きてから寝るまで、僕はやらなければいけないことを次々とこなし、時間に遅れないよう気を配ります。やるべき仕事が終われば、後はひたすら夜がくるまでじっと待つのです。そんな区切りのない感覚の長い時間の一日が、この一つの数字で表されていると言われても、とても納得できません。

僕がカレンダーを理解できるようになったのも、「1週間は7日で、月火水木金土日の順番に過ぎていく」「カレンダーの四角の中に数字が書いてあるが、四角には意味はない」「今日という日の日付は、学校の黒板に書いてある日で、カレンダーを見てもわかるようになっている」など知ることができたあとです。

カレンダーの見方はわからないのに、カレンダーが好きな自閉症の子も多いです。

なぜなら、数字にひきつけられるからだと思います。数字のどこがおもしろいのでしょう。

数字はそれ自体が、一つのことしか表しません。1は1であって、それ以外のものではないのです。あいまいなところがないので、見ていて安心します。そのうえ、どこに行っても、その月のカレンダーは数字の並びが同じなので、うれしくなります。そのために、僕はカレンダーを見つけると、じっと見続けたり、はしゃいだりしてしまうのです。

その様子が、普通の人から見ると、とても奇妙に思えるのかもしれません。

数字や自然は居心地のよい僕の友達

数字はそれ自体が一つの意味しか表さないし、カレンダーは数字の並びがどこでも同じなので、僕にとっては安心なものです。安心というだけでなく、なぜ見ているとうれしいのか、その理由は数字が友達のような存在だからです。この感覚は、普通の人にはわかってもらいにくいと思います。

たとえば、あなたが知らない国でひとりぼっちになったとします。不安で仕方ない時に日本語の看板やポスターを見かければ、うれしくなって大はしゃぎするのではないでしょうか。思わず、そのポスターに話しかけたり、手で触ろうとしたりするかもしれません。それと似たような感覚です。

本当の自分を人に理解してもらえない僕のような人は、いつも孤独です。僕たちが変わらないものに出合うのは、友達に会うみたいに、とても居心地のよいことなのです。

僕が友達だと感じるものの中に、自然も含まれます。自然は、僕の心を癒《い》やしてくれる最高の友達です。どうして自然が好きかというと、自然は誰にでも平等だからです。

自然のすばらしさは、みんなが知っている通りです。木々の緑は美しく、お日様の光を反射して、まぶしいくらいに輝きます。草花は、そよそよ揺れながら色とりどりの花を咲かせ、みんなの目を楽しませてくれるのです。そして、空には白い雲が浮かび、さまざまに形を変え、宇宙のメッセージを地上に届けてくれます。

僕は空を見上げながら、今日も生きていることに感謝するのです。

虫も動物も生き物すべてが、この地球の仲間です。どんな命も地球で生まれ、地球で死んでいきます。自然が誰にでも平等だと言ったのは、そんな姿を障害者である僕にも同じように見せてくれるからです。それが、僕には愛《いと》しくて切なく感じます。僕は、山も海も大好きです。見ていると、いつも吸い込まれそうな感覚に陥ります。

自分も自然の一部になれたなら、どんなに素敵でしょう。

僕は時間に頼り、時間に追われている

僕は時間に追われています。それは、行動の目安を時間に頼っているからです。たとえば、お腹がすいて時計を見たら、お昼の十二時だというとらえ方はしません。時計を見て十二時なら、お昼ご飯を食べなければいけないのです。お腹がすいているかどうかということは関係ありません。空腹の状態がわからないわけではないのですが、昼食の合図を身体の変化ではなく、時計が十二時をさすことで判断しているためです。だから、お腹いっぱいでも、お昼ご飯を食べることによって気持ちは落ちつくのです。

これは、スケジュール帳に書いてある仕事が、一つ片づく感覚に近いと思います。時刻とセットにされることで、昼食も義務になってしまいます。時間という目安がなければ、僕はいつお昼ご飯を食べればいいのか、自分では見当もつきません。

すべてが時間によって管理されている社会において、時計を気にせず生きるの

は、普通の人にも難しいでしょう。

時計を見て、自分が何をすればいいのか、僕はいつも悩んでいます。

家の中にいる時でさえ、そう考える心の中には、今やっていることがこれでいいのかという迷いがあります。役割や仕事がほしいわけではなく、自分の気持ちのままに行動できない苦しさです。

何もしなくていいと言われることもあります。でも、僕には何もしなくていいということが、どんなことかもわからないのです。

強制されないことが自由だと考えている人もいるかもしれません。けれども、時間の流れを体感できない僕にとって、今何もすることがないのは、永遠に何もすることがない状態と同じです。漠然とした不安の中で、この先自分がどうなるのだろうという思いにかられます。

この瞬間、自分らしく生きることができているか、それが僕には最も重要なことなのです。

ラジオ体操で手足を自覚した

奇声。声はコントロールできない

自閉症の人がみんなと違うと思われているのは、僕たちの言動が普通の人とあまりにも異なるからです。

たとえば、意味不明な奇声をあげている自閉症者がいると、みんなは、なんて奇妙な人なのだろうと、その人を敬遠します。怖いと感じたり、変だと思ったりして、なるべく近づかないようにするでしょう。

それは声を出すことが、自分の意思でやれるものだと考えているためです。だから、奇声をあげている人を見ると、自分勝手で迷惑だと判断するのでしょう。

僕は、うまく会話ができないだけではなく、声のコントロールもできません。口を閉じて静かにすることさえ難しいのです。やりたくないとか、我慢がたりないとかいうものではなく、どうすれば声を出さずにいられるのか、その方法がわからないからです。

僕が、好きで奇声を出していると思っている人もいます。けれども、それは違います。奇声をあげている時の心の中は、恥ずかしくて、情けなくて、悲しい気持ちでいっぱいなのです。人から冷たい視線を浴びせられるたび、この世から消えてしまいたくなるくらいです。

人から叱られても話せないので、僕は謝ることも弁解することもできません。そんな僕にできるのは、笑うことです。相手は、叱られているのに笑い出す僕を見て、あきれてしまうか、何もわからないのだと落胆します。勘違いされるのは嫌ですが、取りあえず、怒られている状況からは抜け出せるわけです。笑うのは、泣いてもわめいても、自分の気持ちを理解してもらえない経験ばかりをしてきたからだと思います。

障害について知ってもらっていても、怒られている時には、反省している態度を強く要求されます。しかし、当たり前の反応ができないから僕は悩んでいるのです。見かけではわからないかもしれませんが、そのことをみんなに知ってもらいたいです。

ラジオ体操で手足の存在を自覚できるようになった

僕は小さい頃、自分の身体を自分の意思で動かすのがとても大変でした。手足がどこにあるのか、よくわかっていなかったせいです。目の前にあるお菓子でさえ、どのくらい手を伸ばして、どうやればつかめるのか見当もつかず、人の手をクレーンのように使って、自分のためにお菓子を取っていました。

夏休みは早朝、近くの公園でラジオ体操をするのが日課でした。

ラジオ体操は、音楽がゆったりしていて、リズムの繰り返しが心地いいです。

その頃の僕は、伴奏音楽と号令に合わせて身体を動かすことはできませんでしたが、みんなが体操している様子を見るのは好きでした。好きというより、おかしくてたまらなかったのです。

ラジオ体操が始まると、ロボットのように黙って手足を動かす人たちを見ては、跳び上がって喜びました。昔は、なぜみんなが音楽に合わせて同じ動作をするのか、僕には奇妙に映っていたのだと思います。みんなは、決められたことをきちんとやらない僕を、変だと感じていたに違いありません。

僕は最初、笑って見ていましたが、だんだんと自分も一緒にやらなければいけないのがわかってきました。けれども、僕には人の動きをまねすることが難しかったので、手取り足取り教えられても、まるで操り人形のごとく動かされているだけでした。

そんな僕でしたが、みんなの動きを何度も見ているうちに、少しずつラジオ体操ができるようになりました。

目の前にいる人の動きにつられ、僕の手足も動くようになったのです。手足の存在が自覚できるようになったからでしょうか。やれるようになると、今までどうしてできなかったのかわからないのが、自分でも不思議です。

その時は、手足がはえてきたオタマジャクシみたいに、ようやく僕にもカエルになるための準備ができた気分でした。

七歳の頃、早朝に走る練習をした

僕は体育が苦手です。特に、ルールを覚えなければいけない種目は、全くできません。ドッジボールでさえ、自分がどこにいればいいのかわからなくて、誰かに手を引いてもらっていたほどです。

小学生の頃、僕は運動場をいつも駆け回っていましたが、それは好きなことをしていただけで、自分では走っているという意識はなかったです。

「走って」と言われても、自分の身体をどう動かせばいいのかわかりませんでした。走ることがどんな姿なのかは、他の人を見て知っています。けれども、僕にとっては、まるで運転免許証のない人に車を動かしてとお願いするくらい難しいことだったのです。

ようやく走り出したと思っても、ゴールまで行かずに、途中で止まったり、コースから外れてしまったりしていました。そんな僕を見て、みんなはやりたくないから勝手な行動をするのだと、考えていたのではないでしょうか。

付き添いで一緒に学校に通ってくれていた母は、どうして僕が他の子のように走らないのか、不思議に感じていたようでした。とにかく練習が必要だと考え、早朝にランニングを始めました。

母は、片手で僕の背中を押しながら走ってくれました。「イチ、ニ、イチ、ニ」と声をかけ続けてくれた母の声が、今も僕の耳に残っています。

七歳の僕には、走る練習をやっている自覚はありませんでした。朝から、母と公園で遊べるというわくわくした気持ちだけでした。

冬の朝は暗く、夜の静けさが辺りを包んでいます。

「さぁ、行くよ」とささやく母の声が、白い息の向こうから聞こえてきます。

徐々に明けゆく暁の空に見とれながら、いつかこの大空の向こうに飛んでいきたいと、その頃の僕は心から願っていたのです。

走るのは楽しいこと、競争じゃないと思っていた

運動会は、あまり好きではありませんでした。運動会の練習が始まると、通常の時間割ではなくなります。変更が嫌いな僕にとって、それは苦痛でした。僕は新しいことに対して、自分の居場所がイメージできないからです。

自閉症者は、先の見通しがつかないと不安になるといわれます。僕の場合は、予定を聞いたあと、その時自分がやっている姿を想像できれば安心です。変更があると、一度頭の中に描いたイメージを壊して、新しくつくり直さなければなりません。運動会の練習は毎回やる内容が違うせいで、イメージすることが難しいのです。そのうえ、みんなと同じようにできない自分の姿ばかりが浮かんできて、つらくなってしまいます。

徒競走は、いつもビリでした。僕は、かけっこの意味がわかりませんでした。僕からすれば、運動会で歩く競争がないように、走るのにも競争はないと思っていたからです。

スタートラインに立ち、ホイッスルが鳴るとみんながダッシュします。走り出さない僕の背中を押しながら、誰かが「走って」と声をかけてくれます。しかし、僕の頭の中にあるものは、どうしてみんな走っているのだろうという疑問です。それ以外にも、ホイッスルの音に驚いていたり、みんなが何か言っているその口元をぼんやり見たりしているのです。ようやく走り出しても全力では走れません。

走ることは僕にとって、楽しいことだからです。

走っている時には、景色が違って見えます。僕は、広い野原で蝶々《ちょうちょう》を追いかけている気分なのです。みんなの目も気になりません。

繰り返し練習すれば、ゴールはわかるようになりましたが、まっすぐに走ることや白線にそって走り続けることは難しかったです。なぜなら、走っている最中は地面を蹴《け》っているというより、僕の身体が宙に浮いている感覚だったからです。

見とれてしまうダンス、僕はまるで「かかし」

運動会のダンスもうまく踊れませんでした。なぜなら、僕は模倣することが苦手だったからです。目の前で「同じようにやって」と言われても、手を上げることすらできません。

僕は、見るだけで精いっぱいだったのです。僕の目は、ダンスを見るのではなく、見てしまうのです。それは、夜空に打ち上げられた花火に見とれているような感覚でした。

ダンスを見ている間は、音楽も同時に流れますから、見ながら音を聴いている状態になります。僕は、見ることを意識すると音が聴こえにくくなり、聴くことを意識すると、見ているものが何かわからなくなっていました。

みんなが踊っている姿を見るのは楽しいのに、踊るということが、僕には難し過ぎるのです。まねをしたくても、手も足も動きません。まるで「かかし」です。

手足が不自由なわけではないので、どうして踊れないのか、誰にも理解してもらえませんでした。知能が低いために覚えられないのだろうと、周りの人は考えていたと思います。

ダンスの途中での集団移動は、もっと大変でした。僕は、周りの人が動くと、どこを見ればいいのかわからなくなるからです。くるくる回るコマを見ている時のように、その場から動けませんでした。誰かに手を引かれたり、押したりしてもらって、ようやく次の場所に移動することができました。僕は、なぜ自分が動かなければならないのか、何回やっても納得できませんでした。僕にとって、競技は鑑賞するものであり、映画館で客席にいるのと同じ気分だったのです。

運動会当日は、知らない土地に観光に行っているみたいでした。いつもと違う状況をおもしろく感じることもありましたが、次から次に予想しないことが起こり、僕を疲弊させました。特に本番は、アナウンスや多くの人の熱気で、頭の中はパンクしそうになりました。

僕は、自分が逃げる場所をいつも探していたのです。

column　僕の日常、僕の幸せ

雲は僕の友達、空は僕の心

空を見て、憧《あこが》れを抱く人は多いのではないでしょうか。

小さい頃から、雲は僕の友達でした。雲は形を変えながら、どんどん流れていきます。僕は運動場や広場を駆けながら、遠くに見える雲を追いかけるのが好きでした。

雲は、どんなに追いかけても、先に行ってしまいます。「どうすれば雲に追いつけるのだろう」僕は不思議でした。その頃の僕にとって、目の前にあるおもちゃも空に浮かぶ雲も、同じものだったのだと思います。

雲を追いかけている時、僕は鳥になっていたのでしょう。僕の目には雲しか映らず、耳には風の音しか聞こえませんでした。遊園地で遊んでいる気分とは違います。まるで、かごの鳥が初めて外に飛び立つ時、すべての呪縛《じゅばく》から解き放たれたみたいに自由になれたのです。

成長とともに、雲をつかまえられないことはわかりました。それでも僕は、つらい時や悲しい時、空を見上げました。

空は、いつもにここにこしているわけではありません。たまには泣いたり、怒ったりもするのです。雨の日や雷の日には、僕は空を見ずに、ただ耳をすまします。そうすることで、空の言葉を聴くことができるからです。

人が空を見上げるのは、自分の心を開放させたいからではないでしょうか。

空の向こうには、無限の宇宙が存在します。本当は、宇宙の星たちも僕の目に映っているはずなのに、現実には青い空と白い雲が見えるだけです。

僕が見たいのは、空ではなく、自分の心なのかもしれません。目に映る見えない星たち、それは自分の心と似ています。僕が向かい合わなければいけないのは僕自身なのです。

ここに僕が存在しているのを知っているかのように、次々に雲はおもしろい形を見せてくれます。そんな、日常の風景の中にいる自分を、僕は愛《いと》おしいと思うのです。

III 色そのものになって塗る

僕と表現

脳を納得させる方法

僕は脳の決めたルールに逆らえない

僕が自閉症であることで困っていることの一つに、自分で判断するのが難しいことがあげられます。判断というレベルの話ではないかもしれません。みんなが普通にやっていることが、僕にはできないのです。

僕は、どんな時も平日は六時に起きます。しかし、自分がそうしたいから六時に起きるのではありません。誰かに命令されたわけでもありません。何かのきっかけで起きる時間が決まったら、脳がそのようにプログラムを決定してしまうのです。

これは、みなさんが何となくそうしないと気がすまないというような感じ、たとえば、お風呂《ふろ》に入った時には、必ず髪の毛から洗うといった感覚とはまったく違います。自分の身体でありながら、僕は脳の決めたルールに逆らえないのです。

それが守れなければ、とても苦しくなってしまいます。寝坊した時には、戦場で敵がすぐそばにいるかのように僕は取り乱しあわてます。泣きそうになりながら、次のプログラムの時間までにやらなければいけない仕事を大急ぎで片づけます。タイムリミットまでに、毎日している自分の役割が終わればいいのですが、その時間に間に合わない時が大変です。捕らえられた捕虜のようになすすべもなくなり、わめいて大騒ぎします。

けれども、時間は止まってくれないので、なんとか気持ちに折り合いをつけようと努力します。普通の人なら、寝坊したくらいでこんなことにはならないと思いますが、僕は心の中を落ち着かせるのにも一苦労です。

気持ちに折り合いをつけると聞くと、どうしようもないことだと自分に言い聞かせたり、たいしたことではないと切り替えたりすることだと、みなさんは想像されるのではないでしょうか。

僕の気持ちに折り合いをつける方法は、寝坊したという事実を、脳の中で消去することです。失敗ではなかったと自分にではなく、脳に思い込ませるためです。

過去はばらばらの点。いつも突然現れる嫌な記憶

僕の気持ちに折り合いをつける方法は、たとえば寝坊した場合なら、寝坊したという事実を脳の中で消去することです。

ではどうして自分ではなく、脳にそう思い込ませる必要があるのでしょうか。

普通の人は、脳と心がつながっているような印象を受けます。しかし、僕にとって、脳とは行動を牛耳るもので、心は自分の思いそのものです。

脳が行動を支配しています。刺激やこだわりのために、僕は自分で行動をうまくコントロールすることができず、いつもどうにもならないむなしさを感じています。心はこんなに自由なのに、思い通りにならない身体に閉じ込められているのです。話すこともできないため、ただひとり悲しむだけです。このような状態なので、僕の気持ちに折り合いをつける方法も特別です。

失敗の事実を自分のせいにしたり、次回やり直したりということでは、脳は満足してくれません。僕の脳には、今がすべてだからです。そのために失敗した事

実を、脳に失敗ではなかったと思い込ませる必要があります。

僕は失敗した時に反省して、次からは失敗しないように気をつけることが難しいのです。なぜなら、すべてのできごとは、過去のこととして連続してつながってはおらず、僕の記憶の中では、ばらばらの点のように存在しているからです。やったことがあるという記憶はあっても、それがいつのことで、どのような失敗だったのか、自分で思い起こすことができません。失敗した前後の記憶もあやふやです。

それなのに、嫌な記憶はいつも突然頭の中に現れて、どんなにつらかったかを思い出させるのです。そうなると、僕は苦しくてたまらなくなります。

自力では、記憶をコントロールすることはできないのです。それがわかるようになってからは、これは失敗ではなかったと、自分ではなく脳に思い込ませるということが、僕の唯一の防衛手段だと気づきました。

失敗の事実をすり替える。それが脳を納得させる方法

これは失敗ではなかったと、自分ではなく脳に思い込ませなければいけないのは、僕の行動が脳によってコントロールされていると感じるからです。誰でもそうだと言われるかもしれませんが、僕の場合は、自分の思い通りに行動できないせいで、脳の指令が気持ちにそぐわないことがあります。そのために、頭の中の失敗の事実を自分で消去するのです。僕は何とかしてつじつま合わせをしなければなりません。

寝坊して洗濯やお皿拭《ふ》きが、どうしてもいつもの時間に終わらないとします。そんな時には、頭の中ですり替えを行うのです。仕事ができなかった言い訳ではなく、この仕事をやるのは今日は僕ではなかった、これはお昼の仕事だなど、やる必要はなかったと脳に思い込ませるのです。そうすると脳は納得して、スケジュール通りにできなかった苦しさから、僕を解放してくれます。

単に反省すればいいのではないのかと思われるでしょう。でも、僕の中では脳

が指令することと気持ちとは別のものなので、脳が納得する方法をとらなければならないのです。

気持ちのうえで反省することとは、どのように違うのかというと、「仕方ない」「気をつけよう」だと抽象的すぎます。また、「明日《あした》は六時に起きよう」だと、明日という日がイメージできない僕の脳にとっては、なぐさめにもなりません。こんなことでは、失敗したという事実は変わらず、僕の脳は失敗したことにこだわり続けるのです。それを避けるために、僕はするべきはずだった事柄自体を変えてしまいます。

こんなふうに考えられるようになるまで、長い時間がかかりました。どうすれば楽になるのか、自分なりに対応できるようになることが、いちばんいいのではないでしょうか。

楽に生きられるということは、遊んで暮らすことではありません。自分らしく生きるために工夫することです。

こだわりは主張ではなく、僕をしばるもの

　僕が小学生の頃、不思議に感じたことがあります。それは遠足の時、バスの席順にクラスメイトがとてもこだわっていたことです。黒板に座席表を書き、ジャンケンまでして、みんなは自分の好きな座席に座ろうとしていました。仲のよい友達と一緒にいたいという気持ちはわかります。しかし、どうもそれだけではなかったようです。今から考えると、人に負けたくない思いや、バスの中で少しでも居心地のいい場所を探していたのでしょう。

　みんながバスの座席を決めている間、僕が考えていたのは、僕の座席はどこだろうということではありません。黒板に次々と書かれるクラスメイトの名前の文字が間違っていないか、座席表の四角の枠中に、はみ出さずに書けているかということでした。

　バスに乗るのは、僕も好きです。

僕にとって、今何をしているかは重要です。生活している時、周りはあわただ

しく動いています。僕も自分にできることをやってはいますが、僕だけ置いてけぼりな感じがするのです。けれど、バスに乗っている間は目的があって移動している状態なので、何もしなくても安心感を与えてくれるからだと思います。

バスの窓から外を見ると、建物や人や木が流れるように過ぎ去っていきます。いつもは見なれている風景も、走っているバスの中からは、まるで違う景色に見えます。どこか異国の風景を眺めているような気分になるのです。きっと、旅をしている感覚なのでしょう。

僕のこだわりは、自分を主張するためのものではありません。どちらかといえば、こだわりが僕をしばっている感じです。

自分の希望する席に決まったクラスメイトは、本当にうれしそうでした。自分の座りたい席に座るというこだわりが、その子にとって意義のあるものだということが、よくわかりました。

そして、座席表の僕の席も、いつの間にかちゃんと決まっているのでした。

パニックにならざるを得ないほど苦しい僕の心

僕はパニックになると、どうしていいのかわかりません。ただ悲しくて、この世の終わりのような気分になります。この気持ちをどこにぶつければいいのか、何をすればいいのか、まるで小さな子どもみたいになってしまうのです。

パニックになっている最中は、どうしようもないと感じています。周りがまったく見えていないからです。水の中で溺《おぼ》れそうになっている時に人の声が聞こえないのと同じで、もがいているだけで精いっぱいです。

みんながどんなに心配してくれているか、他の人に迷惑をかけているか、それはわかっています。けれども、パニックをやめられなくて僕も困っているのです。

周りの人は、何とかしてパニックをとめようと努力してくれました。パニックがなくなれば、僕が楽になるのではないかと考えたのだと思います。その考え方が間違っているとは言いません。しかし、少なくとも僕の場合は、パニックを制止できるようになっても、根本的な解決にはならなかったでしょう。

大声で泣いたり騒いだりしていること以上につらいのは、そうせざるを得ないくらい苦しくなってしまう僕の心だからです。そのためにいくらパニックをがまんしようと思っても、時折、自分が自分でなくなってしまうほどの激しい感情に襲われました。

僕は、自閉症という障害に悩んでいたのではありません。自分で自分のことをどう受けとめればいいのかわからなかったのです。

自閉症という診断を受け、みんなに近づくために訓練しなければならない毎日。普通の人への憧《あこが》れと、僕は僕なのにという思いの間で、気持ちはいつも揺れ動いていました。

みんなが抱く未来像が僕の幸せなのか、パニックを起こす自分は何を求めているのだろう。

自分を見失ってしまいそうで、僕は恐かったのです。

文章を読み、絵も描く

言葉絵辞典で単語を覚えた

中学生くらいまで、僕にとっての本は、辞典とお気に入りの絵本でした。小さい頃、言葉絵辞典は読むというより、自分の覚えた単語を探すという感じだったと思います。ページをめくって知っている単語が見つかると、僕はうれしくなったのです。

単語の横に描いてあるイラストが、その単語の絵だということにも気づくと、言葉絵辞典を見るのがもっと楽しくなりました。僕はこの本を、まるでパズルのような感覚でながめていました。言葉と絵が一致することがおもしろかったのです。パズルのピースがカチッと合うみたいに、僕の頭の中でわかる言葉が増えていくからです。繰り返し読んでいたので、言葉絵辞典の単語は全部覚えました。

そして、小学校高学年になると、中学生用の英和辞典にも興味をもつようになりました。単語が英語とイラストで描かれていて、例文も掲載されている本です。たくさんの例文の暗記によって、僕は正しい日本語の文章を習得できたのだと考えています。英和辞典のおかげで、英語も好きになりました。英語はとてもシンプルで、リズムが美しいところが気に入っています。英語を知ることで、日本語の表現力の幅も広がったのではないでしょうか。それは、言葉を探す時に、英単語も浮かんでくることがあり、その英単語のもつ意味を、もう一度日本語で考える場合があるからです。

絵本は、母がよく読み聞かせをしてくれていましたが、僕には意味がわかりませんでした。母が話していることが、本の絵の内容だとは思っていなかったせいです。

読み聞かせを、じっと聞いていられなかった僕は、いつも逃げ回っていました。たまに自分で絵本を開く時には、隅に書かれているページの数字に目がいきました。順番に記されている数字を見ることにこだわり、僕はパラパラとページをめくるのです。絵本に描かれている絵の見方も独特でした。

アルバム絵本で文章を楽しく読めるようになる

僕は絵本を見ると、絵をあらゆる角度から見たくなります。本を逆さにしたり、目の高さまで持ち上げたりしてながめるのです。視点を変えると、絵はまったく違う表情を僕に見せてくれます。絵本を動かすだけで、ストーリーとは別の世界が、僕の頭の中に広がります。絵本の意味がわからなかった頃、僕はこんなふうに絵本を楽しんでいました。

写真を見る時も同じです。くるくる回したり、カードのように何枚も重ねてめくったりしていました。写真の中の僕はいつも笑っていたので、写真を見るとうれしくなりました。その様子を見ていた母は、この写真で絵本を作れば、僕が絵だけではなくストーリーにも興味を示すのではないかと考えたようです。

母は貼りつけた写真の横に文字を添えて、手づくりのアルバム絵本をつくってくれました。繰り返し読んでもらうことで、同じページに書いてある文章が、写真に関する内容だと僕も気づきました。

アルバム絵本の写真は、僕が知っている場所ばかりでした。僕や家族が主人公だったので、写真と文章が頭の中でうまく結びついたのだと思います。

やがて絵本にも僕が日頃行っているような場面が出ているることがわかると、文章を読むのも楽しくなりました。それから少しずつですが、僕にもお気に入りの絵本が見つかりました。

僕が図書館で読む本は、いまだに小さい頃からなじみのある絵本です。普通の本に興味がないわけではありません。しかし、僕は読みたくても、自分で読み続けることができないのです。

それは、集中力が続かなかったり、その時々で、時間内にどこまで読めばいいのかわからなかったりするからだと思います。そのために高校卒業まで教科書は、母が全部読んでくれていました。音読してくれる声に合わせて、文章を目で追う練習もやっていたので、今はＣＤの音声に合わせて文章を目で追うこともできるようになりました。

本は友人だから、同じ本を読みたい

いまだに僕が一人で読むのは、小さい頃からなじみのある本です。それも、三歳くらいの幼児が読むかわいらしい絵本なのです。何冊かのお気に入りの絵本を、僕は繰り返し読みます。図書館に行っても、新しい本を読むことはほとんどありません。

普通の人が本を読む時には、知らない世界の扉を開くような感じではないでしょうか。

しかし、僕にとって本はかけがえのない友人です。ページをめくる時、僕はほっとします。絵本の中の主人公は、どんな時も変わらず、僕をやさしく迎えてくれるからです。僕も「元気だった?」という気持ちで、文章を読み始めます。昔からよく知っている主人公のおかげで、僕は安心して、この物語の世界で遊ぶことができるのです。

僕の遊びは、新しい登場人物をつくったり、原作にはないストーリーを考えたりすることです。毎回、同じ絵本ばかり見るのはおかしいと言う人もいますが、本は友達だと説明すれば、同じ本を読みたい僕の思いをわかってもらえるような気がします。

みんなが外で遊んでいる時、僕が一人で絵本を読んでいると心配されることがありますが、誰にでも、一人になりたい時はあるのではないでしょうか。それは僕も同じです。

僕が一人でいるのは、うまく話せなかったり、人とかかわるのが下手だったりするからです。周囲に気をつかいながら、今自分がやっている行動は間違っていないのだろうかと、いつも悩み続けています。

僕は、一人が好きなのではありません。けれども、一人になってしまうのです。一人になってしまう僕が、一人になりたいと感じる気持ちは、たぶん、普通の人がさまざまな人たちとの人間関係の中で疲れる時と一緒ではないでしょうか。

人と人とは、心ひかれたり、背を向けたりしながら生きていくものなのかもしれません。

文字は書けたのに、絵を描く意味がわからない

僕は小さい頃、書いては消せるお絵かきボードに、文字や商品のロゴを書いていました。

文字やロゴを見ると、それが頭にこびりつくのです。なぜだか空中にも文字が浮かんでくるので、僕は指でその文字をなぞります。なぞっている間は、そのことだけに集中しています。覚えるために書いているというより、書かずにはいられない状態です。

僕はこうして、看板や新聞などに書かれている字を片っぱしから覚えていきました。意味はわかりません。とにかく、頭の中にとび込んでくる文字を、ただなぞりたかったのです。それは、子どもが時間も忘れて、ゲームに夢中になるのと同じ感じでしょうか。

そんな僕ですが、絵にはまったく興味はありませんでした。幼稚園で「絵を描きましょう」と先生に言われて、僕は画用紙にひらがなで「え」と書きました。

先生から「違うよ、ひらがなの『え』じゃないよ」と言われると、今度は漢字で「絵」と書いてしまったくらいでした。

みんなの描いている絵を見たり、先生が手伝ってくれたりしましたが、僕には絵を描く意味がわかりませんでした。立体の物を平面に描くこと自体、信じられないことだったからです。字は書けるのに、お絵かきできない僕のことが、先生も不思議でならないようでした。普通の子は、絵が描けるようになった後に、字が書けるようになるからでしょう。

クラスメイトからばかにされるお絵かきの時間は、僕にとって苦痛でした。先生は見かねて、人の顔の描き方を僕に教えてくれました。丸い輪郭に目と鼻と口をちょんちょんと描くやり方です。「じょうずに描けたね」とほめられましたが、僕はどうしてこれが顔なのか納得できませんでした。けれども、先生が教えてくれる通りに描いていれば、みんなから笑われないので、お絵かきとはそういうものだと思っていました。

そんな僕が、自分の絵を描けるようになったのは、母のおかげです。

二人で一緒に絵を描く作業は、とてもいいもの

母は僕に、絵を描く楽しさを教えてくれたのです。それまで僕は、絵というものは、線や丸で人の顔を描くことだと思っていました。実際、幼稚園のみんなの絵は、そんな感じでした。

母がカセットテープの音楽に合わせて絵描き歌で絵を描いているのを見て、本の絵と同じ絵を描くことに興味をもちました。もともと僕は、字やマークなどをそのまま写すことが得意だったからです。音楽に合わせて順番通りに写していく作業も、僕には魅力的でした。

しばらくは、母が描くのを見ているだけでした。自分も絵描き歌に合わせて描けるかどうか、自信がなかったからです。描き終えるまでの過程を知っているはずなのに、完成した絵を見ると、どうやって描いたのか、わからなくなりました。

そこで母は僕の手を取って、歌を口ずさみながら、一緒に描くことから始めてくれました。

この一緒に描くという作業は、とてもいいものではないでしょうか。

普通は一人でできることが、その人の能力を評価する上での前提になっていますが、二人で描くことで、一人では描けない部分も失敗せずに描き終えることができるからです。

完成することが重要なのです。なぜなら、やり遂げたという経験が成功体験の記憶となり、そのことにもう一度挑戦しようという意欲が生まれるためです。

練習しながら段階を踏んでできるようになるのが一般的な教育かもしれませんが、母の指導は、最初に完成形を練習して、徐々に介助する部分を減らしていく方法でした。最後まで描けたということを何度も経験できるので、そのうちに自分でもやってみようと思わせてくれるのです。

普通の子どもにとっての挑戦は、試行錯誤しながら問題を解決し、高い山の頂上を目指すことでしょう。しかし、僕のような子どもにとっての挑戦は、決められた平坦《へいたん》な道を転ばずに歩ききることだと考えています。

写す感覚で絵を描き、色そのものになって塗る

絵描き歌通りに描いた僕の絵を見て、ほめてくれる人もいました。ずっと僕は絵が描けないと思っていたので、人に「絵がうまい」と言われ、自分にも絵が描けるのだと気づきました。絵描き歌の絵は、僕のオリジナルの絵ではありませんでしたが、描いたのは僕なのでうれしかったです。

いくつかの絵描き歌の絵が描けるようになった後、僕が想像で絵を描くのは難しいと感じた母は、次に図鑑や写真を見ながら描こうと勧めてくれました。何かを写すことなら僕にもできたからです。

しかし、文字ならその通りに書けても、僕が描いた絵は、見本とは全然似ていないものばかりでした。デッサンするわけではなく、一筆書きの要領で一気に描いていたせいだと思います。細かいところが正確に描写できないため、僕の絵は、今でもあまり写実的だとはいえません。

それでも、自分の絵が描けるようになると、色も塗ってみようと思えるように

なりました。最初は色鉛筆を使っていました。その頃は、力を込めて塗ることしかできなかったので、仕上げるまで時間がかかりました。

僕は、早く完成させたいのです。なぜなら、見通しがつかない作業は不安になるからです。色を塗っている間も、どれくらい頑張ればいいのか、いつ終わるのかが気になります。そんな僕の様子に気づいた母は、水彩絵の具を使って描く方法を教えてくれました。水彩絵の具であれば、すぐに色を塗れます。

僕にとって水彩絵の具は魔法でした。違う色の絵の具を混ぜると、色が変化します。赤と青で紫、赤と白でピンク、黄色と赤でオレンジ、黄色と青で緑、自分で色を混ぜて新しい色をつくることは快感でした。

絵の具で色を塗っている時、僕は色そのものになります。目で見ている色になりきってしまうのです。筆で色を塗っているのに、画用紙の上を自分が縦横無尽に駆けめぐっている感覚に浸ります。

僕は経験や印象を絵に描けない

水彩絵の具は早く塗ることができますが、かわく前に色を重ねると、にじんでしまいます。小さい頃の僕は、それが嫌でたまりませんでした。色がにごったり、にじんだりすれば、僕の知っている色ではなくなるからです。にじむとすぐに拭《ふ》きました。けれども、待つことが苦手な僕は、時間を置かずに他の色を塗るので、塗っては拭き、拭いては塗るの繰り返しだったのです。

いらいらする僕を見て母は、どうすれば楽しく絵を描くことができるのか、考えてくれました。そして、クレヨンで線を描いて、その中を絵の具で塗る方法を教えてくれたのです。絵の輪郭をクレヨンで描けば絵の具をはじくので、色が混ざることはありません。次にどこを塗ればいいのかもよくわかり、僕に適した方法でした。

自閉症の人の中には、絵を描けない人もいます。その人たちは絵が描けないわけではなく、どうやれば絵が描けるのかがわからないのではないのでしょうか。

学校で絵を描く場合、経験したできごとを描くという授業が多いです。しかし、僕のようなタイプだと、まず思い出すことが大変なのです。どうしても記憶が混乱してしまい、昨日あったことでも、できごとの最初から最後までを通して思い出すのは困難です。

印象に残った場面を描くように言われても、具体的に何を描けばいいのかわかりません。僕が何も描こうとしないので、見かねた先生は、見たものや、やったことについて尋ね、僕は答えたものを描くことになります。その時に僕の頭に浮かんでくるのは、思い出したものではなく、答えた言葉に関連した別のイメージです。仕方なく、僕は何とかそれを描こうとしますが、どこからどうやって描けばいいのか見当もつきません。

この苦痛な時間から逃れるため、とりあえず丸や四角をつなぎ合わせ、それらしく描こうとした絵に仕上げるのです。そんな絵を飾られて、うれしいと思ったことはありません。

column 僕の日常、僕の幸せ

海で浮いたり、もぐったり、僕は海の一部になる

夏になると、毎年のように海で遊びました。

最初に家族で海に行ったのは、僕が四歳くらいの時だったと思います。水遊びが好きだったので、両親は僕が海を見て、どんなに喜ぶだろうと考えていたのではないでしょうか。けれども、僕は砂浜で遊ぶばかりで、ちっとも海に入ろうとはしませんでした。僕は、海が怖かったのです。初めて近くで海を見た時、寄せては返す白い波が、まるで僕を襲ってくる怪獣のように見えたせいかもしれません。

海は不思議です。人の心を癒《い》やしてくれるだけでなく、勇気を与えてくれる存在だからです。海には命が宿っているのではないかと感じる時があります。

二回目以降、僕は海を怖がりませんでした。それは、海が僕を歓迎してくれたからです。波打ち際で、勇気を出して波に足を近づけると、海はゆるゆる僕の足

を包んでくれました。

僕は、ひき込まれるように海に入っていったのです。その時、故郷に帰ってきたような喜びと懐かしさを感じました。

海で浮いたり、もぐったりしていると、僕は自分が人間であることを忘れてしまいます。魚だと思っているわけではありません。自分が海の一部になった感覚なのです。

海の中にいる時、僕は何も考えていません。ただ、幸せを感じています。

誰もが海に憧《あこが》れます。一人ひとりが海を見て、自分を振り返ります。

僕が海を好きな感覚は、みんなと同じでしょうか。

今すぐにでも深海の底で静かに眠りたい思いは、大空に羽ばたいていきたい気持ちと同じ願いとして、僕の心にしまっています。

海の家で食事したり、スイカ割りをしたり、海辺での一日は、あっという間に過ぎていきます。何度も振り返りながら夕日の中で見た海は、はるか昔に僕が見た風景と似ていました。

Ⅳ 受け取った幸せをみんなに返したい

生きる理由

ありのままの自分を生き抜きたい

障害者と一緒の時は、自然体でいてほしい

障害者と一緒にいる時、相手がどんな気持ちでいるのか気になりますか？　どうしてそう思うかというと、障害者に対して、普通の人が気をつかっているのが僕にはわかるからです。

接し方は間違っていないか、何を話せばいいのか、一緒にいる人が当事者以上に考えてくれます。僕は、それが不思議でした。僕自身は、誰かと一緒に過ごす場合、相手に何かをしてもらいたいと思ったことはありません。そうはいっても、実際はできないことが多いために、助けてもらわなければいけないことがたくさんあります。ただ、困っていることは、その時に手伝ってもらえればいいので、それ以上のことを期待しているわけではないのです。

けれども、一緒にいてくださる人は、僕の様子を観察したり、ちょっとした言

動に反応したりしてくれます。きっと、僕といると疲れるだろうなと思います。その人は、別れた後も自分のとった行動と僕の表情などを思い出し、(あれはよかった、あそこは悪かったなど)反省会をしているかもしれません。そんなに考えてくださって、とてもありがたいのですが、一緒にいてくださった人が疲れるのと同じくらい、実は僕も疲れているのです。

僕は確かに障害者で、一人でできることは限られているでしょう。普通の人たちの中にいた場合、常に心配してくださる気持ちには感謝しています。でも、僕がいちばん望んでいるのは、みんなと一緒の時間を共有することなのです。

ありのままの僕を受け入れてくれるみんなも、ありのままの自分であってほしいと願っています。特別に僕を気づかうことなく、隣にいて、同じ場所で生きている幸せを実感してください。これは、もちろん僕を無視することとは違います。

自然体でいることは、相手の人格を受け入れ、認めてくれることだと思うのです。しかし、そのことが意外に難しいということに、僕は気づきました。

見た目の行動から決めつけないで尋ねてほしい。

なぜ周りの人が、僕が望んでもいないことをさせようとするのか、それが不思議でした。

将来のために必要だからという場合は理解できます。それとは別に、気持ちを勝手に想像して、僕がそうしたがっていると思い込まれてしまうのが問題なのです。

会話がうまくできないのだから、僕の思いを推測して話さなければいけないときもあるでしょう。その言葉が僕の気持ちにそったものだったかどうかは、僕だけが知っています。だから、僕の気持ちを代弁したものだと勝手に断定されると、間違っていた場合、悲しい気持ちになります。

「私は、君がこう考えていると思っているよ」と言ってほしいのです。自分の想像は外れているかもしれないけれど、一所懸命に考えた結果がこれだと言ってもらえると納得します。僕は話せないし、表情や態度でも表現できないのですから、気持ちをわかってもらえないのは仕方ありません。

いちばん嫌なのが、わからないからといって、見た目の行動だけで気持ちまで決めつけられることです。答えられなくても、尋ねてくれたらいいのにと思います。そうしてもらえれば、その人が僕を大切に思ってくれていると伝わるからです。

僕について話をしているにもかかわらず、まるで僕がその場にいないかのような態度をされると傷つきます。自分は、その辺の石ころみたいな存在なのだろうか。ただ、周りの人の意見だけで動かされ、すべてが決められていく。自分の意思をみんなのように伝えられない僕は、なんて無力なのだろう。小さい頃、何度こんなふうに思ったことでしょう。

気持ちを伝えられないということは、心がないことではありません。周りの人がさせたがっていることが、本人のやりたがっていることだとは限らないのです。

そのことを忘れないでください。

人の役に立てないと、助けられてもうれしいとは思えない

自閉症の人にとっての幸せは何か、と尋ねられることがありますが、僕はその質問に驚きます。自閉症者はみんなとどこが違うのでしょう。こんな質問自体、僕たちを特別な人間だと区別しているのではないでしょうか？

僕の望んでいる幸せも、みんなと変わりはありません。ただ、自分らしく生きていきたいだけなのです。自閉症であるために、みんなのようにはできないことも確かにありますが、それを不幸だとは思っていません。

僕は、これまでの学校生活でたくさんのことを学び経験してきました。仲間を思いやる気持ち、人と協力する関係、自分の役割を果たす責任など、数えあげればきりがありません。しかし、その反面、集団で生活する以上、人と自分を比較するということからも逃げられませんでした。

人にはそれぞれ個性があり、誰もがいいところをもっていると理屈ではわかります。けれども、僕のような障害者にとって、今の社会で自分の価値を見いだす

ことは、非常に難しいと感じています。

小学校五年生まで、母と一緒に通った普通学級では、僕は落ち着いて授業も受けられず、いつ何をしたらいいのかもわからなかったため、みんなに迷惑をかけてばかりいました。そんな僕をクラスメイトは受け入れ、さまざまな面で手伝ってくれたのです。

それなのに、その頃は、人に助けてもらっても、あまりうれしいとは思いませんでした。なぜならば、僕が人から助けてもらう機会はあっても、僕が人の役に立つことは、ありえなかったからです。それは、僕にとって悲しい事実でした。

当時の僕がみんなのようになりたいと思う気持ちには、誰かの役に立ちたいという願いが込められていたのです。

自分は、みんなにとってどんな存在なのか気になり始めました。

ありのままの自分で、精一杯生き抜く

人から親切にされるのは、ありがたいし、うれしいことです。しかし、いつも人に助けられてばかりだった僕は、そのたびにみじめな気持ちになりました。そして、助けてもらっているのにそんなふうに思う自分が、さらに嫌になったのです。

高校生以降は、人に手伝ってもらえることを素直に喜べるようになりました。なぜ、心境の変化が起きたのかというと、助けてくれる人の気持ちもわかるようになったからです。僕を助けてくれる人の表情を見ると、みんな明るく楽しそうにしています。誰も困ったり、面倒だと思ったりしていなかったのです。僕はそのことに気づいて、人を助けるということは、助けてくれる人にとってもうれしいことなのだと知りました。

考えてみれば、誰かに必要とされるのは、人としてとても誇らしいことです。でも、そのためには、助けられる人がいなくてはなりません。もちろん、僕のよ

うな障害者を迷惑な存在だと言う人もいると思います。けれども、障害者の誰もが、自分から望んで障害者になったわけではありません。運命だと感じている人、これが自分の使命だと思っている人、どうしてこんなことになったのだろうと悩んでいる人、考え方はさまざまですが、障害者である自分を受け入れようと、みんな必死で生きています。

僕は、ありのままの自分を愛してくれる人を心から愛しています。障害者である自分が嫌になる時もありますが、そういった人たちの存在が僕に生きる勇気と希望を与えてくれるのです。

ありのままの自分でいるというのは、成長するための努力をあきらめることではありません。今の自分にできる精一杯のことをやりながら、生き抜くことだと思っています。ただし、僕の場合には、泣いたり悔やんだりしながら、障害のある自分を受容できるまで長い時間が必要でした。

僕の自分を見つめる旅が始まりました。

昔のどんな自分も肯定したい

「好き」と言ってもらえることが人の価値を決める

みんなに必要な人だと思ってもらえるのは、とても誇らしいことです。人の役に立つのは、価値のある人間だと認められることにもつながるのかもしれません。けれど、生産性が高くなければ人間社会は成り立たないと言われると、障害者や働けない人は、生産性の低い人間ということになります。

僕は、みんなに支えられて生きている人が、だめな人間だとは思っていないのです。自分がそうだから、こんなことを言うのではありません。

障害者の中には、みんなのように働けないのが、自分のせいだと考えている人もいます。能力がないから、みんなと違うから、とても無理だからなど、働けない原因は自分にあると感じています。それがつらく悲しいことでも、自分のせいなので仕方がないと思い込んでいるのです。

もちろん、障害があっても立派に働いている人もたくさんいます。しかし、本人が納得できるような働き方をしている人は、ごくわずかなのが現状です。人としての価値とは何でしょう。

たとえば、きれいに咲く花は人をひきつけ心を癒《い》やしてくれます。どの花も魅力的ですが、好きな花というのは、人によって違います。お金をかけて温室で育てられたバラが好きな人もいれば、野に咲くタンポポが好きな人もいます。

「好き」という気持ちは、人間にとっての根本的な感情です。好きなものを守りたい気持ち、好きなものと一緒にいたい思いなど、好きという感情自体は、効率や生産性とは関係ありません。

人は「好き」という感情をとても大切にしています。これは人としての価値を考える上でも重要です。

誰かが自分を好きだと言ってくれる、大事な存在だと思ってくれる、それが、その人の価値を高めるのではないでしょうか。

人から「好き」と言われることも希望

「好き」と言われて嫌な気持ちになる人はいません。それは、その人の存在そのものが大切で、価値のあるものだと認めてもらえているからです。人は、自分で自分の価値を決めることはできません。人から評価されて初めて、自分がどのような人間かを知るのです。人間が社会という集団をつくって存続している以上、仕方ありません。

だからこそ、好きだという気持ちは、相手にきちんと伝えるべきです。誰でもこの世の中に自分のことを愛してくれる人がいるだけで、生きる意欲がわいてきます。

意欲をもたせるのは、子どもの場合、ほめることでも可能でしょう。しかし、ほめる行為は、好きだという気持ちを伝えることとは別のものだと考えています。なぜなら、ほめる時、同時に好きだという気持ちを伝えると、いい子の自分だから愛されていると勘違いしてしまうからです。僕は、そのままのあなたを愛していると伝えることが、何よりも大事だと感じています。

人は、ありのままの存在を認めてもらった時に、自分の価値を自覚するのだと思います。障害のあるなしにかかわらず、その人にとって、かけがえのない人間だという実感、それが重要になります。

人が生きる上で最も大切なのは「希望」です。障害者の中には、希望のない毎日を送っている人もいます。もちろん、生活の中で楽しみはありますが、楽しみは希望ではないのです。

希望というものは普通、将来の夢や目標で、自分の力で探すものだと思われています。けれども、僕はそれだけではないと考えています。希望は生きる意欲を引き出すためのものだからです。人から「好き」と言われることも、「希望」ではないでしょうか。

明日《あした》の自分を待っていてくれる人がいる。そう思えることが、希望のない人の「希望」になるのです。

泣いて、笑い転げる、素直な生き方が僕の目標

僕は、彩りのある人生に憧《あこが》れています。けれども、それは楽しいことばかりの毎日ではありません。生きていることを自分なりに実感したいのです。

たとえば、雨が降っているとします。普通の人は空を見上げて雨を確認します。僕は雨が降ると、水たまりを見つめるのです。水たまりに落ちる雨粒は、とても美しく、地球の中心に引っ張られながら力強く落ちていきます。絶え間なく降り続く雨粒に見とれながら、僕は一秒の重さというものを知るのです。

車のライトを浴びると、身体が一瞬にしてばらばらに分解されたような気分に陥ることもあります。すると、光の粒に変わってしまう自分を味わうのです。光の粒になった僕は、ふわふわと地上を漂います。人だという自覚もありません。ただ照らされているだけで幸せなのです。

僕は生まれながらにもっているこのような感覚を、四季の変化を楽しむように大切にしたいと思っています。

僕にとっての彩りとは、自分がいかに幸せになれるかということであり、決してお金では買えないものだとわかっています。悲しい時には大声で泣き、うれしい時には笑い転げる。そんな素直な生き方ができるようになるのが、僕の目標です。

昔見た夢の中では、僕はクラスのみんなとおしゃべりをして笑っていました。その夢はあまりに自然で、目が覚めてからも夢か現実かわからないほどで、もう一つの人生をかいま見たかのような時間だったのです。少しして、あれは夢だと気づくのですが、その時は、まるで大事なおもちゃを失くしたような気分になってしまいました。

世の中をうまく渡っていける人がうらやましいと感じることもあります。しかし、いくら努力しても僕はそんな人にはなれません。それが悲しくもあり、うれしくもあるという気持ちを、わかってもらえるでしょうか。

自分を守るために逃げていた。今は昔のどんな自分も肯定したい

多動が激しかった時、僕は自分の席にも座れませんでした。みんなと同じことがやりたくなかったわけではありません。やりたくてもできない自分が嫌で逃げ回っていたのです。

しかし、落ち着ける場所を自分で探すのは不可能でした。それは、逃げること自体が現実逃避だからでしょう。何に困っているのか、どうしたいのか、僕自身にもわかりませんでした。その場を離れることだけが、僕にできる唯一の方法だったのです。

逃げている間、僕は自由だったのかと聞かれると、そうでもありません。ただ、閉じ込められた鳥がかごから飛び立つ時、羽を思い切り広げられるように気分はよかったです。けれど、結局は叱られ反省する毎日でした。

考えてみると、その頃の僕は、自分の存在がうとましいだけでした。自分がなぜ、そこにいるのかもわかりませんでした。僕は、自分を守るために逃げていた

のです。

僕の行動がみんなに迷惑をかけるので、注意されるのは当然かもしれませんが、僕みたいに逃げることしかできない人の気持ちはどうでしょう。

「弱い人だ」「わがままだ」と感じる人もいると思いますが、そうすることでしか気持ちを表現できない人間も存在するのです。自分の考えを人に伝えられ、みんなと同じことが当たり前にできるのが普通ならば、僕のような人間は、普通ではありません。そんな人間が、この社会で暮らすためには、みんなの何倍も頑張らなければならないのです。これも普通の人からすれば、たいした努力には見えないかもしれません。

僕は、逃げ回っていた頃の自分を責めることはできません。そうしなければ生きていけなかったからです。

今の僕に必要なのは、昔のどんな自分も肯定できる自分自身へのやさしさと、未来に向かって歩いていこうとする前向きの決意ではないでしょうか。

自分自身へのやさしさは、自分を肯定する力の源

自分自身へのやさしさは、甘えとは別のものではないでしょうか。

このやさしさは、自分を肯定するために必要です。もしも、世界中で誰ひとり自分を理解してくれなかったとしても、自分を肯定する力があれば、人は生きていけます。


自閉症者のようにコミュニケーションが苦手なため、人に自分のことをわかってもらいにくい障害の場合、どれくらい自分に寛容であるかが、とても重要だと思います。自分のことを好きでいなければ、生きる気力を失ってしまうからです。

他人と会話できないということは、ひとり言をずっと言い続けているのと同じです。質問に答えてくれる人もいなければ、気持ちに共感してくれる人もいません。出口のない迷路をただださまようだけで、そこには安らぎも楽しみも見当たらないのです。

そんな世界で唯一の救いは、「自分はよい人間だ」と思えることです。そうす

れば、このようなつらい状況でさえも乗り越えていけるでしょう。

自分にやさしくなれる人は、「あなたのことを愛している」と言葉や態度でたくさん伝えられた人だと思っています。

自閉症という障害のために、気持ちを言葉で表現できなくても、パニックを起こしても、自分のことを信じ愛し続けてくれる人がいれば、それは生きる勇気につながります。いつか、みんなに恩返ししようと考えられるのです。たとえ、ひとりぼっちになったとしても愛された記憶は消えません。こんな自分を愛してくれた人たちのために、その先も頑張ろうとするのではないでしょうか。

療育は、厳しくなければいけないと考えている人もいます。それを否定するわけではありませんが、前提として、愛しているという気持ちが子どもに伝わっているかどうかが何より大切だと思うのです。

あなたが「わからない」、それが一番残酷な言葉

自分が幼い頃の親との思い出は、誰の記憶の中にも残っているでしょう。自閉症者も、もちろん同じです。たとえ話せない人でも、自分を愛してくれる親を忘れるはずはありません。

自分の思いを伝えられない自閉症者は、親から愛されているのかどうかを普通の人以上に気にしています。それは、意思表示が苦手なために、考えていることを親にさえ十分に伝えられないまま生きてきたからです。

思いを伝えられない人は、ただ見ているだけなのです。誤解されても弁解もできず、じっと我慢をするしかないのが現実でしょう。親の気持ちをいつも言葉で聞けるともかぎりません。親が自分のことをどう思っているのか、直接尋ねることもできないので、どんどん不安が積み重なってしまいます。

それだけではなく、自分が普通と違うということに罪悪感を抱いている人もいると思います。

親を悲しませているのではないか、自分のせいで苦労をかけているのではないかと心配してしまうのです。

それなのに、親からも「何を考えているのかわからない」と責められることがあります。そんなことを言われて悲しまない人はいません。

この言葉は、自己表現できない人にとっては残酷です。きっと、「あなたのことを知りたいのに、どうすることもできない」ということを、親は子どもに伝えたいのでしょう。けれども、本当に困っているのは親ではなく、子どもの方なのです。

親子だからこそ、伝わりにくい愛情があります。親子は心が通じ合うものだと思い込んではいけません。子どもの胸の内を知りたいとなげく前に「あなたを愛している」という気持ちが、きちんとその子に伝わっているのか、確かめる必要があるのではないでしょうか。

なぜ生きるのか？

おびえているのは、期待に応えたい気持ちの表れ

僕は、とても弱虫です。

どこにいても、何をしても、いつも人におびえています。それがどうしてなのか、ずっと考えてきました。

僕が障害者だからなのか、それとも性格が内気なためなのか、今でもその答えは出ていません。ただ、これまで十八年間（執筆当時）生きてきて気づいたことがあります。それは、どんなにがんばっても僕は、僕以外にはなれないということです。障害者が健常者になれないという意味ではありません。僕はあくまでも僕であって、他の誰かにはなれないということです。

たとえば、僕が理想通りの人物になったとします。頭がよくて、スポーツ万能で誰からも好かれる人です。理想通りの僕は、自信満々に人生を謳歌《おうか》しているで

しょうか。なぜだか、そんなことはないと思ってしまうのです。理想通りの僕も今の僕と同じように、やっぱり人の目を気にして、どこかおどおどしているような感じがします。

人前で見せる姿というのは、本当の自分でしょうか。

本当の自分は、自分だけが知っています。それはどこでつくられたのでしょう。生まれつきもっている性格なのかもしれません。しかし、多くは育った環境が影響しているのだと思います。みんな、家族や周りの人たちに支えられて生きています。障害の有無には関係ありません。周囲の人たちのせいで、障害者になったわけではないからです。

僕を大切にしてくれて、心から愛してくれる人たちのおかげで、今の自分が存在しています。そう考えると、僕の弱虫も違う角度から解釈することができます。

僕は自分が人におびえていると言いましたが、それは僕の思い込みで、愛する人たちのためにも、今以上に周りの期待に応《こた》えたいという気持ちの表れではないのかと気づきました。

弱虫の僕を、僕は応援したいです。

つらいのは、受け取っている幸せを
みんなに返せないこと

僕は、障害者だから不幸だという話を聞くと悲しくなります。

普通の人から見れば、障害者は気の毒でかわいそうな存在なのでしょう。ところが、普通の人をうらやましいと思う反面、障害者である自分しか知らない僕にとっては、今の毎日が当たり前です。この自閉症という障害も、僕の一部分だと受けとめているのです。

僕が障害者でなければ、性格も今よりもっとおおらかで明るかったに違いない、と言う人もいるかもしれませんが、僕はそういうふうには考えたくないのです。

人は自分に欠点があると、何とか直そうと努力します。けれども、それは長年つちかってきた性格でもあるので簡単には直りません。すると今度は、その欠点を誰かのせいにしたくなるものです。

自分の生まれたところや育った環境は、変えたくても変えられません。これまであったできごとをなげくのは、さびしいことです。障害者である自分を否定するのは、それと同じだと思うのです。

障害と欠点はもちろん違いますが、自分の思い通りにならないという点では似ているところもあります。現在の医療では、自閉症という障害は治りません。治らないから障害なのです。

僕に障害があってもなくても、家族の愛は変わらなかったと思います。僕が自閉症であることで、さまざまな苦労があったのは事実でしょう。それでも、両親は僕を一所懸命に育ててくれましたし、姉も僕をかわいがってくれました。僕はとても幸せです。

僕にとってつらいのは、僕がみんなから受け取っている幸せと同じくらいの幸せを、みんなに返せないことです。そのためにどうすればいいのかわからず、僕はいつも心の中で泣いています。

働く。あなたは必要な人だと認めてもらうこと

働くことは、自分の存在意義を認めてもらうことだと思います。あなたは必要な人だと、誰かに言ってもらうことなのでしょう。

障害者はみんなのように働けないから遊んでいる、と思っている人がいるのを僕は知っています。何もしないでいることや自分が必要とされないのが、どんなに寂しく悲しいことか、わかってもらえないのでしょう。

働くことは本当に大変だろうし、たくさんの苦労があると思います。毎日必死で働いている姿は、とても立派です。そのような人たちのおかげで、僕の生活も成り立っています。

僕は働いている人が、うらやましいです。社会の一員として世の中の役に立ち、自分の力で生きている人を尊敬しています。

働かなくても生活できるなら、それでいいのではないかと言う人もいるかもしれません。

どうして働きたいと思うのか。それは、働けるのに働かないのと働けないのとは、まったく違うからではないでしょうか。障害者の多くは、みんなのように働きたいと考えています。なぜなら、働くことは、誰にとっても尊いことだからです。

働けない障害者も、ただ遊んでいるわけではありません。自分と向き合い、毎日を一所懸命に生きています。

障害者にとって、自分ほど当てにならないものはないのです。みんなが当たり前にやっていることに時間がかかったり、普通の人には考えられない問題で悩んだりしています。自分自身が情けないと思うし落ち込みます。挽回《ばんかい》するチャンスも少ないので、いつまでもそのことから逃げられないのです。

見た目では人の心の中はわかりません。

仕事と向き合うのと同じように、自分自身と向き合うのは苦しいことです。

なぜ、生きるのか？ 存在理由を知りたい

僕は、きっと死ぬまで自閉症なのでしょう。それは、自分にとって一体どんな意味があるのか知りたいのです。

この意味とは、障害をもって生まれた原因ではなく、生きるための存在理由です。

人が人であるために大切なのは、コミュニケーションだと思っています。みんなは話せない人を見ると、不便に違いないと心配します。たぶん、多くの人が一度は外国人とうまく言葉が通じなかった経験があるために、その大変さを容易にわかってくれるからでしょう。しかし、コミュニケーションのとれない人にとって本当に悲しいのは、誰とも心を通わせられないことだと思います。

僕もコミュニケーションの手段がなかった頃は、暗い洞窟《どうくつ》に住んでいるように感じていました。外はにぎやかなのに、僕の周りは暗闇に閉ざされ、言葉は洞窟の中にこだまするばかりでした。どんなに叫んでも泣きわめいても、僕の言葉は

人の心に届くことはなく、ただ、同情されるか注意されるかの毎日だったのです。

誰もが悩みを抱え、苦労しながら生きているのは知っています。けれども、話を聞いてもらったり、笑い合ったりする中で、人は気持ちを癒《い》やし前向きに生きていけるのではないでしょうか。それができないことのつらさを知ってほしいのです。

僕は、いつも自分の心と見つめ合っています。なぜ、こんなにも苦しいのか、ひとりぼっちなのか、周りに迷惑をかけ続けながら生きる理由は何なのか考えているのです。

存在理由とは、人が生きるための本質的な問題です。

食べることができ、睡眠をとれる場所があれば生命は維持できます。もちろん、それは大切ですが、それだけでは精神が壊れてしまうのも人だからです。

僕が未来に希望を抱ける時

僕が、どうしてありのままの自分でいるのが難しいのか。それは、ありのままの自分では、今の社会に適応できていないからです。

社会には、守らなければいけないルールがたくさんありますが、僕はそのルールが守れません。普通の人みたいにふるまえるように一所懸命努力していますが、なかなかうまくいかないのです。

僕は、改造人間のように言動のすべてを直さなければ、みんなの仲間には入れてもらえないのだろうか。ずっと、そんな気持ちを抱えながら生きてきました。

もちろん、他人に害を与えることはやってはいけないことだと思います。しかし、興味や関心などは人によって違ってもいいはずなのに、すべてを普通の人に近づけることが、自閉症者の幸せだと思い込んでいる人もいます。

自閉症だからこそ、みんなとは違うものにひかれてしまう。普通の人には理解できない行動が奇妙に思われる。それは、本当に僕たちが直さなければいけないことでしょうか。

違う感覚の人間が存在することに対する不快感や違和感のせいで、普通の人たちのようになることを、みんなが望んでいるのだとしたら、僕は少し悲しいです。

もし、この世界にもっとたくさんの自閉症者が存在すれば、僕たちは障害者ではなくなるのだろうかと想像することがあります。

少し気難しい人がいたり、泣き虫な人がいたりするのと同じように、自閉症者の障害も個性として受けとめてもらえればいいのにと、そんなふうにも考えます。

ありのままの自分でいたいと願うのは、僕のわがままなのかもしれません。みんながそんなことを言えば、この社会は成り立たないでしょう。それがわかっているからこそ、ありのままの僕を受け入れようとしてくれる相手の優しさに触れた時、僕は未来に希望を抱けるのです。そして、同じ時間を過ごす幸せに包まれるのです。

column 僕の日常、僕の幸せ

蟬の声に共鳴、僕は地球の一員

たとえば、虫の鳴き声を聞いた時、普通の人は、すぐにその虫の姿を思い浮かべ、鳴き声から季節を感じたり、人間とは違う生き物の命を実感したりするのだと思います。しかし、僕は鳴き声から虫の姿を連想することができません。

今年の夏、最初に蟬のジージーという鳴き声を聞いた時も、僕は耳慣れない音に驚きました。だからといって、それが何の音で、どこから聞こえてくるのか考えるわけではないのです。ただ、引きつけられるように耳をすますと、音がこだまするみたいに僕の脳に響きます。

鳴き声からメッセージを聞き取ることが仕事であるかのごとく、僕は何もかも忘れ、鳴き声を聞くことだけに集中するのです。こんな時、口で言い表せないくらいの幸せを感じます。まるで、自分がこの鳴き声を出しているかのような錯覚に陥るからです。

人とうまくコミュニケーションできない僕にとって、他の生き物と共鳴できるこのひとときは、地球の一員として生きている実感を得ることができる貴重な時間なのです。

僕は、蝉の抜け殻を見ると、ここから抜け出して大空に飛んでいく時の蝉の気持ちを想像します。蝉は、うれしかったのだろうか、それとも、もっと地中にいたかったのだろうか、今年の夏が自分にとって特別な夏だということを知っていたのだろうか。真っ暗な地中から出て初めて大空を見た時、蝉に迷いはなかったのか気になります。僕は、新しい世界に飛び立つ蝉がうらやましいのです。

蝉の声がすぐにわからない僕は、音を認知する能力が劣っているのかもしれません。それは悲しいことなのでしょうか、それだけではないと思っています。毎年夏になると、初めて蝉の声を聞いた子どもみたいに、僕は蝉の鳴き声に感動します。その感動が、僕の人生に豊かな彩りを与えてくれるのです。

V 地球上に存在する命に感謝

生きていく僕

未来の君も笑っているよ

サンタクロースに、話せるようになることをお願いした頃

小さい頃、サンタクロースを信じていた僕は、クリスマスを心待ちにしていました。世界中の子どもたちにプレゼントを配ってくれるサンタクロースのことは、絵本やテレビで知っていました。

クリスマスイブの日は、僕の家でもきれいに飾ったツリーを眺めながら、家族でごちそうを食べてお祝いします。夜になるのが、待ち遠しくてたまりませんでした。僕は、どきどきしていたのです。今夜、サンタクロースが家に来てくれるかと思うと、うれしくて胸がいっぱいになりました。僕はサンタクロースに会って、こうお願いしようと考えていたのです。

「プレゼントはいらないから、どうか僕を、みんなみたいに話せるようにしてください」

その夜、布団の中で、僕はじっと待っていました。電気を消した部屋の中で、僕の瞳《ひとみ》はきらきらと輝いていたと思います。

いつの間に夜は明けたのでしょう。

隣で寝ていた姉が、プレゼントのおもちゃで、うれしそうに遊んでいるのが見えました。枕元には、僕のためのプレゼントも置かれていました。自分で包みを開けることができなかったので、母が開けてくれました。

サンタクロースがくれたおもちゃを見て、家族は大喜びしています。そんなみんなの様子を僕はただ、黙って見ていました。その時の気持ちは、言葉では言い表すことができません。僕の心の中は、ぐちゃぐちゃでした。（あんなにお願いしたのに、どうしてサンタクロースは、僕に会ってくれなかったのだろう。こんなおもちゃなんかいらない）

僕は、どんな表情をしていたのでしょう。逃げるように部屋を出て行く僕の後ろを、おもちゃを抱えた両親が追いかけてきました。両親は、少しさみしそうに笑っていました。サンタクロースも僕のプレゼント選びにずいぶん悩んでいたことを知ったのは、ずっと後のことです。

気になる相手の視線。目はその人自身

誰かに会った時、僕が一番気になるのが相手の視線です。相手の人が僕のどこを見ているのかではなく、その人がどんな気持ちで僕を見ているのか、それが気になってしかたないのです。相手に嫌われていないか心配なのだと思います。

僕は視線に、感情が込められているのが怖いのです。

視線は、見えないのに心に突き刺さることがあります。それとは逆に、視線が身体を温かく包み込んでくれることがあるのも不思議です。

冷たい視線で見つめられると、つらくなります。そのために、何とか視線から逃れようと僕は慌ててしまうのです。けれども、僕に行き場はありません。だから、騒いでしまうのでしょう。

僕にとっては、人の視線も気持ちが混乱する原因の一つです。どうにもならないお天気のように心を曇らせてしまいます。その人に何か言われたわけでも、されたわけでもないのに苦しくなります。

目は、物を見るためにあるのに、なぜ人の心を揺さぶるのでしょうか。

きっと、見るという行為が、誰かに教えられてできるものではなく、生まれた瞬間から身についているものだからでしょう。

目は、その人自身なのです。何をどれだけ見るか、どのような目つきで見るのか、覚えて習得するものではありません。そのせいで、見るという行為が人の思いを代弁してしまうのではないでしょうか。

視線は「まなざし」とも表現されます。「まなざし」とは、対象に向けた目の表情を指しています。

まなざし一つで人の心は変化します。それは、誰もがやさしい気持ちで自分のことを見てもらいたいからでしょう。

自分はどうなのか、僕は自分のまなざしを見てみたいです。

僕の言葉を代弁してくれる人たちに感謝している

人から、あなたの気持ちはこうだと勝手に推測され、唖然《あぜん》としたことはありませんか。そうではないと弁解したくなる気持ちを、みんなも一度は経験しているのではないかと思います。

誤解されるのは悲しいことです。人は心の奥に、自分にしかわからない気持ちをもっています。一所懸命思いを伝えようとするのは、もしかしたら相手のためではなく、自分のためかもしれません。相手の心に、自分という人間が、どのように映っているのかが気になるのでしょう。

誰もが自分をわかってもらいたくて、言葉を尽くすのです。

僕は、家族が病気なのに何もしてあげられない時、情けないと感じます。とても心配していても、自分から「大丈夫？」のひと言でさえ言えないからです。それどころか、苦しんでいる相手の目の前で、意味不明に笑ったり、こだわり行動をやり続けたりします。まるで、相手の病状など、目に入らないかのような態度です。これでは、人の気持ちがわからないのだと決めつけられても仕方ありません。僕も、どうしたらいいのか悩んでいます。それでも、いつもと違う状況が、なかなか受け入れられないのです。

心配ごとがある時に限って、僕がおかしな行動をしてしまうのは、すべきことが他に見つからないせいです。ありがたいことに、うまく思いを伝えられなくても、僕が心の中では悲しんでいる、心配しているにちがいないと家族はわかってくれます。

こんなふうに役に立てないことに対して、僕が罪悪感にさいなまれるのは、人間だからだと思います。みんな、よい人間になりたいのです。

言葉を代弁してくれる人たちのおかげで、僕は人としての誇りを失わずに生きています。

その人がどのような人物か決めるのは、周りの人ではないでしょうか。

人の気持ち以上に、自分の気持ちを大事にすることが大切

自閉症者は、人の気持ちがわからないと言われますが、それは本当でしょうか。僕は、そんな人ばかりではないと考えています。

人の気持ちを思いやれる人は、とても優しい人なのでしょう。けれども、人の気持ちがわからないからといって、その人が冷たい人なのではありません。

人の気持ちを知りたいと思う心は大切です。相手の気持ちを想像できれば、人間関係がよりよくなります。けれども、それ以上に重要なのは、自分の気持ちを大事にすることだと思っています。

自閉症者の中には、自分ではない人間になるために必死で頑張っている人もいます。いつも「みんなと違う」と周りから言われ、自分を変えなければいけないと感じているためです。これは人格形成において、大きな問題ではないでしょうか。

人に注意されることは、誰にでもあると思われるかもしれません。しかし、毎

日のようにみんなとの違いを指摘され続けると、自分を改造しなければならなくなってしまうのです。なかなか自分自身が認められている実感をもてないせいだと思います。

そんな日々が続くうちに、自分で自分を否定するようになってしまうのでしょう。普通の人に比べて、自分は言動だけではなく、考え方や感じ方までどこかおかしいのではないか、社会で生きるために直さなければいけないと不安になります。

こんなふうに自閉症者の中には、周りの人が望むような人間になろうとして、気持ちを整理できないまま、本来の自分をごまかし、日常生活を送っている人もいるのではないでしょうか。

自分自身のことも肯定できない人に、他人の気持ちを推し量る余裕がないのはしかたないことかもしれません。

写真の僕に「未来の君も笑っているよ」と言いたい

小さい頃から、僕は写真を見るのが好きでした。写真はいろいろなことを僕に思い出させてくれます。

写真をながめている僕は笑顔です。なぜなら、写真の僕も笑っているからです。写真にこだわるのは、昔を懐かしがるためではなく、写真の僕がどんな表情をしているかを見るためです。泣いていないか、不安そうでないか、いつも確認しています。

確認すれば、それで終わりです。写真に写っている場所に、もう一度行きたいとか、誰かに会いたいなどと考えることもありません。それは写真が、すでに過去の出来事だからです。過去の出来事は変えられないのを、僕も知っています。写真をカードのように次々とめくるのは、笑顔の自分をたくさん見たいからです。

過去に起きた出来事には、つらいことも悲しいこともあったはずです。それでも、写真の僕はいつも幸せそうな表情をしています。

目で見て確認する作業が、僕には重要です。

言葉は風のように心をすり抜けていきます。いつ、何があったのか、記憶はあてにはなりません。僕は繰り返し写真を見ます。写真を見ることで、自分がどんなに幸福だったのか理解したいのです。

起きた出来事は変えられませんが、人の記憶は修正できるものだと思います。苦しかった気持ちを消し去るのは難しいことです。けれど、楽しかった記憶を呼び起こすことで、心は元気になるのではないでしょうか。

僕にとって写真は、心の支えになってくれるものです。

写真の僕に、今、こう言いたいです。

「未来の君も笑っているよ」

明日《あした》、僕は写真を撮るつもりです。

勇気をもてるのは、人の優しさを信じられるから

僕は今年、成人式を迎えます（執筆当時）。いよいよ大人への仲間入りです。自分が二十歳になるなんて、昔は想像もしていませんでした。

自己判断し行動できるのが大人だとしたら、僕は永遠に子どものままでいるような気がしていたせいかもしれません。

僕の目標は、大人になるまでに少しでも、自分のことが自分でできるようになることでした。早く大人になりたいとか、大人に憧《あこが》れたことはありません。僕が大人になる。それは、どこか遠くの国のおとぎ話のようだと感じていたからです。今は、僕でも大人になれた事実に、とまどっているのが正直な気持ちです。

小さい頃、未来はどこからやってくるのだろうと、僕は不思議に思っていました。未来は、誰かが連れて行ってくれる場所なのか、それとも目の前の扉の向こうにあるものなのか、僕にとってまるで雲をつかむみたいな話だったのです。どんなに子どもでいたくても、みんな大人になるのだと知った時は悲しかったです。

僕が大人になることを、誰が決めたのだろう。

いつの日か訪れる未来よりも、子どものままでいることの方が、僕にはよかったのです。僕は、心配でたまりませんでした。大人になった自分に何ができるのか、僕の居場所がこの社会に本当にあるのか。

子どもだった僕にも、自分が障害者だという自覚はありました。

今でも、不安がなくなったわけではないのです。けれども、僕は少しずつ勇気をもつことができるようになりました。それは、僕が強くなったわけではなく、人の優しさを信じられるようになったからではないでしょうか。

これまで育ててくれた両親とこの社会に、僕は心から感謝しています。

大人になった僕にこれから何が起ころうと、ありのままの自分で乗り越えていきたいと考えています。

別れを乗り越える力は、新たな出会いを生むきっかけ

人との別れを寂しいと感じるのは、誰でも同じです。自閉症者は感覚が違うから、親しい人と離れても悲しむことはないと考えている人もいるようですが、それは違うと思います。

できごととの「終わり」が理解できる人であれば、二度と会えないということも、わかっているのではないでしょうか。悲しくても、つらくても、言葉や態度で自分の気持ちを表現できない人もいるのです。

自分から積極的に人間関係を構築できない僕にとって、自分を理解してくれる人との別れほど、胸が痛くなることはありません。

「今日でお別れだよ」と言われた瞬間、ショックで僕は固まるでしょう。そのあと頭の中に浮かんでくるのは、思い出の数々です。「会えなくなるなんて嘘でしょう」とか「そんなの嫌だ」という言葉よりも先に、その人と過ごした日々がよみがえってきます。

そのために僕は笑い出したり、騒いだり、まるで状況を把握していないかのような態度をとります。そして、時間が経ち何かの拍子に、別れる寂しさが込み上げてくるのです。そこで僕はひとり号泣します。

何にもわかっていないのと、わかっているように見えないのとは違います。お互いに名残りを惜しみつつ「さようなら」を告げるのが、最高の別れなのかもしれませんが、目と目が合った瞬間、手と手が触れ合った時に、心と心は通い合うものだと僕は信じています。

たとえつらくても、別れなければならない時があります。それは、自分のためでも相手のためでもないのでしょう。ほとんどが、そうなってしまったからだと思います。

別れを乗り越える力こそ、新たな出会いを生むきっかけになります。泣いた後には必ず笑顔が訪れます。それが、人と人との別れではないでしょうか。

生まれ変わっても今の自分になりたい

トンボが見たこの世界と僕が見た世界は同じだろうか

空が澄み渡り、山々の木々が色づく季節。

僕にとって秋は、とても優しい季節だという印象があります。空気がゆっくりと流れ、道行く人たちの表情も少し穏やかに見えるのは気のせいでしょうか。寂しいはずの夕暮れも、どこかロマンチックな感じがするのです。それは、虫たちが、きれいなメロディを奏でてくれているおかげかもしれません。人に聴かせるためでもないのに、僕の心を揺さぶります。

虫が鳴くのは、メスを呼ぶためや自分の縄張りを他のオスに知らせるためだといいます。

マツムシの鳴き声が、僕には昔からチンチロリンではなくギンギロリンに聴こえます。ギンギロリンの方が、強そうに感じませんか。マツムシは、まるで地球の果てまでも自分の存在を知ってもらいたいがために、鳴き続けているみたいです。

昆虫は、すごい生き物だと思うのです。あんなに小さな姿をしているのに、空を飛んだり、土の中にもぐったり、厳しい自然の中で自分の棲《す》みかを見つけています。昆虫がどのような進化の過程をたどって生まれたのか、いまだに解明されていないのも興味深いです。

僕は、トンボの死骸《しがい》を見たことがあります。そのトンボは、道の真ん中に落ちていました。生きている時と同じように羽を広げ、今にも大空に飛んで行きそうでした。飛んだままの姿は美しかったです。きっと、力の限り生きたのでしょう。僕はトンボの死骸を、そっと手に取り草の上に置きました。

秋の空は澄み渡り、広々と高く見えます。

トンボが見たこの世界と僕が見ているこの世界は、同じものだったのでしょうか。

もし僕が昆虫なら、蜜《みつ》を探すことも、子孫を残すこともできないでしょう。ただひたすら、お日さまの光に向かって飛び続けるに違いありません。

ものがなしさ。
偶然、命を授かり地球上に存在する神秘

秋になると、ものがなしい気分になります。

僕は暑さが苦手なので、涼しくなるとほっとしますが、ものがなしいという意味がきちんと理解できるようになったのは、大人になってからです。

自然の移り変わりを見て、心が洗われたり、自分が存在する理由を見つめたりする中で、人は「ものがなしい」という感情をもつようになるのだと思います。

小さい頃は、枯れた葉っぱを見ても、何も感じていなかったような気がします。だんだんと葉っぱは、ただの葉っぱではなく、自分の人生を彩ってくれる友達のような存在になっていったのではないでしょうか。

少し寂しいではなく、ものがなしいと表現することに、寂しいとは違う感情が込められていると、僕は考えています。どちらかといえば、悲しいに近い気持ちなのかもしれません。ものがなしくなった時に、どのような感情が押し寄せてくるのか、それは人それぞれではないでしょうか。

自分はどうして、ここにいるのだろうと考えることがあります。たくさんの偶然が積み重なった結果であるのは間違いありません。

偶然なのです。みんな自分の意思とは関係なく、命を授かりこの世に誕生したのです。その神秘に思いをはせるとき、地球上に存在しているすべての命に感謝したくなります。そんな気持ちが、ものがなしい思いにつながっているのだと感じます。

落ち葉を両手でかき集め、頭からかぶって遊んでいた頃の幼い僕は、何を思っていたのでしょう。ただ、そうしたかっただけなのです。まるで、僕が遊ぶために葉っぱは散ってくれたみたいに、目の前に存在していました。

今自分が生きている奇跡、その幸せがどれだけすごいことか、僕もようやく気づくようになりました。

今日、僕の瞳《ひとみ》に映る空は、きれいなうろこ雲です。

なぜ？　少しずつ成長しているのが、何だか寂しい

冬になると、寒さのためにみんなが身をかがめうつむいて歩くことが、僕にはこっけいでなりませんでした。

僕自身、暑がりなこともあって、寒さに鈍感なせいかもしれません。

なぜ、みんな下を向いているのだろう。

それは、不思議な光景に見えました。

僕が最初に思ったのは、世の中で大変な事件が起こり、みんなが悲しんでいるのではないかということです。けれども、ニュースや家族の会話の中にも、そういう話題は出てきません。

次に僕はこう考えました。この世界には、下を向かなければいけない時期というものがあるのだ。これは、人に会ったらお辞儀をするみたいな暗黙のルールに違いないと納得しました。

僕はそのことに関して、両親に尋ねたことはありません。わざわざ聞く必要の

ないことのように感じていました。寒さのために、ついうつむいてしまうのだと知ったのは、誰かに理由を教えてもらったからではありません。自然とわかってきたのです。まさに、小さい子がだんだんと社会の仕組みを理解していくのと同じだったのではないでしょうか。

たぶん、どうしてだろうと考えなくなった時から、物事は僕にとっての当たり前に変わるのだと思います。

おかしいと感じていたことが、いつの間にか普通になり、そうでなければいけないことに変化してしまう。時間の経過とともに、一人の人間のものの見方が大きく変わってしまったのです。

どこからどう変わったのか、自分の心が見えないのが嫌なのです。僕は少しずつ成長しているのかもしれませんが、何だか寂しいです。

真冬でも僕の視線は、いつもずっと遠くの空を見ていました。今後、僕は、いくつまで顔を上げて生きていくのでしょうか。

雪と水はやさしい僕の友達。雪たちの言葉を身体に感じたい

僕は幼い頃、雪を口に入れたことがあります。雪がどんな味か知りたかったのです。雪には何の味もしませんでしたが、それからも僕は雪を食べることをやめませんでした。

味のない食べ物というのがめずらしかったわけでも、口に入れた時の雪の冷たさや感触が気に入ったわけでもなく、僕は、食べるという行為を雪で行うことが楽しかったのです。

周りにいる人は僕が雪を食べようとすると、「雪は、食べられないよ」と慌てて止めてくれました。僕は、雪を食べてもお腹が痛くなったり、気分が悪くなったりしたことはなかったので、なぜみんなが雪を食べることを止めるのかわかりませんでした。雪は水と同じで、とてもやさしい僕の友達だと感じていたからでしょう。

空から降ってくる雪を見上げた時、僕の目に飛び込んでくるのは、まるで雲が

こなごなに砕けたかのような風景です。

この世界がすべて雲に覆われたような美しさは、僕の心を魅了しました。僕の住んでいる所は冬になっても雪が降ることはほとんどなかったので、雪を見ること自体、めずらしいことでした。

雪が降ると、わくわくしました。手のひらで雪を受け止めると、雪は一瞬で水に変わります。なんて素晴らしい奇跡でしょう。

僕は全身、雪まみれになるのが好きでした。自分の体温で少しずつ雪が溶けていく。その時、宇宙からのメッセージが僕の身体に伝わるような気がします。

なぜ雪が降るのか、それは科学で証明されていることかもしれません。けれども、僕が本当に知りたいのは、僕の目に、身体に感じる雪たちの言葉です。雪の願いを僕の心に刻みたいのです。

春は待ちわびるものではなく、自分から探すもの

桜の季節になると、僕はようやく春がきたことを実感します。目で見ている景色がいくら変わっても、頭の中では、季節が春だということに切り替わりません。

つぼみが一つずつほころび、小さな花を咲かせ、やがて満開の桜になった時、冬から春に季節が変わったことをはっきりと知ります。まるで紙芝居の一場面が終わったみたいに次の季節がやってくるのです。

それまで僕は、春を認識できずに困っていたわけではありませんが、気づいた時のうれしさは言葉では言い表せません。

春だ、春だ、春だ！

両手を満開の桜に向かって伸ばします。そして、僕の目は桜の花びら一枚、一枚を追いかけようとします。なぜなら、花びらは意思をもって、どこかに行こうとしているかのごとく舞い続けるからです。遠くの山を目指すもの、すぐに地面

に行き着くもの、人の肩に寄り添うもの、それぞれが自分の居場所におさまります。

落ちている桜の花びらの一枚を僕が手に取り、風に運んでもらおうとしても、もう遠くに飛んでいくことはありません。それを悲しいと感じるのは、人間だからでしょう。

春を見つけた僕の目は、喜びでいっぱいになります。僕は、手のひらをお日さまにかざします。手を揺らすたび、春の光はちらちらと揺らめき、目の中にとび込んでくれます。その合図を待っていたかのように、愉快にさえずる鳥の声が、僕の耳にも届くのです。

みんなが春を心待ちにしていると思いますが、僕にとって春は、待ちわびるものではなく、自分から探すものだという気がしています。

頬にあたる風も暖かくなりました。生き生きとした緑、かわいらしい草花も、僕に春を告げてくれていたのです。

山は、同じ時間の流れと場所で姿を変え、僕らを見守ってくれる

新幹線の窓から見る富士山《ふじさん》は、とても美しいです。横に座っている母が「ほら、富士山だよ、見て」と、富士山が見える方向に僕の顔を向けようとしてくれます。そうされても、僕はどこを見ればいいのかわからず、目玉をぎょろぎょろ動かすのです。しかし、視線の先には前の座席の背もたれや窓枠しかなく、富士山は見当たりません。

「きれいだね」と感激している母の声が聞こえたあと、富士山を探すことをあきらめた僕の視界に、大きな山が飛び込んでくるのです。すると、一瞬で世界が変わります。

何もなかった所に、たった今地面が盛り上がり、山が誕生した、そんな風景に僕は、ただあぜんとするばかりです。

山そのものに、人は畏敬《いけい》の念を抱きます。なぜなら、地球の誕生とともに生まれた山には、人が知ることのできない長い歴史があるからでしょう。

空や海は、日々変化します。けれども、山は僕たちと同じ時間の流れに合わせて、ゆっくりとその姿を変えてくれるのです。春夏秋冬どんな時も、思い出の中の風景に山はとけ込んでいます。

山に向かって手を合わせる時、人は山を神様やご先祖様に見立てているのかもしれません。山はいつも同じ場所で、僕たちを見守ってくれています。

富士山は、日本人にとても愛されています。見る人の気持ちを一つにしてくれる、不思議な力をもっている山ではないでしょうか。

富士山が人を引きつけるのは、どの山とも違うからです。誰でもすぐに富士山だとわかります。その存在感の大きさが人の心を突き動かすのでしょう。

新幹線は、ものすごい速さで進みます。自分から走り去っているにもかかわらず、この道の向こうに、僕はもう一度富士山が見られる場所があるような気がしてならないのです。

column　僕の日常、僕の幸せ

生まれ変わりへの僕の希望は、今の自分に生まれること

「生まれ変わったら何になりたい」という話を聞くことがあります。

生まれ変わるとは、生きている人が死んで、新たな人間として生まれることでしょうか。

今の自分が他の誰かになるなんて、僕は考えたくありません。

誰もがこの世でただ一人であり、命の重さは平等です。どこかで誰かが亡くなれば、その人の存在が消えてしまうだけではないのです。残された人は苦しみ、悲しみ、心に大きな穴が開くでしょう。

人は、救われたいと願っています。それは、どんな人にも、生命に終わりがあるからです。僕は、その気持ちこそ、尊いものであると感じるのです。

もし、僕が生まれ変わった時の人生に希望を抱くとしたら、それはまったく別の人間になるのではなく、今の自分に生まれ変わることです。生まれ変わって何

かをしたいというより、家族や好きな人たちと、また一緒に過ごしたいと願うでしょう。生まれ変わるという考え方を、否定しているわけではありません。ただ、僕自身が、それほど新たな人生を望んではいないだけなのです。

僕にとっては、遠い未来も今も、大きな差はないと思っています。若いから、そう感じるのかもしれません。僕が一番恐れているのは、もう一度人生をやり直せるかどうかではなく、今ある幸せを手放すことです。家族や仲間、僕を必要としてくれる人たちが側にいてくれることが、何よりも大切だからです。

朝日を浴びて、今日という日に感謝します。

その繰り返しの日々の中で、僕は年をとっていくのでしょう。それは、寂しいことかもしれませんが、みんな同じだと思うと、怖いことではないような気がします。

対談 宮本亞門×東田直樹

人は誰かに必要とされて幸せになる

雑誌『ビッグイシュー日本版』190号（二〇一二年五月一日）で、連載コラムを執筆中の東田直樹さんと、直樹さんのコラムの愛読者である演出家の宮本亞門さんの対談が実現しました。二人はまったくの初対面。直樹さんから自作の絵本をプレゼントされた亞門さんは、ひとしきり絵本について感想を語り、同席した直樹さんのご家族と話がはずんだ後、対談は始まりました。

直樹さんが話をする時は、手づくりの紙製の文字盤（パソコンのキーボードと同じ配列）を使います。文字盤のローマ字を指で一つひとつ指しながら、同時に言葉を発するのです。それがゆっくりと文章につながっていくので、聞き手は直樹さんの話す言葉を少しの間、待たなければなりません。

また、対談の前にメニューを見たことから記憶に残った「チョコレートケーキ」という言葉や、その他いろいろな言葉が、直樹さんの話の合間にたびたび出てきます。それらは、直樹さんがものを考えているしるしで、考えている時間（シンキングタイム）に意図せずに発せられる言葉たちです。

この意図せざる言葉たちも、亞門さんは楽しみました。そして、対談に同席したみんなが、二人の間で繰り広げられたすばらしい時間を共有しました。

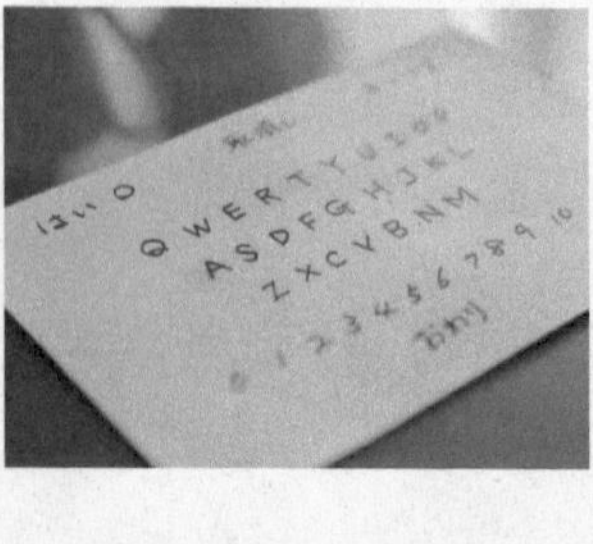

対談　宮本亞門×東田直樹

海を愛するのはなぜ？

――亞門さんが直樹さんの隣に座る。直樹さんは机の上に文字盤を置く。

亞門　僕は沖縄に住んでるんですよ。直樹くんは沖縄には行ったことがありますか？　また旅行とかはよくしますか？

――一見、亞門さんの話を聞いていないように見える直樹さん。ダダダダッとつぶやいているが、しばらくして、文字盤の上の指がＯＫＩＮＡＷＡ……と動き出す。

直樹　沖縄は行ったことがありませんが、旅行は講演会などで行きます。おわり。

――直樹さんは自分の話が終わった合図として、「おわり」という言葉を添えることが多い。

亞門　そうか、旅行には行くんですね。では、今まで行った中でどこが好きでした？　海？　山？　町？

直樹　僕は……。

亜門　うん……。

直樹　海を愛しています。おわり。

亜門　実は僕、沖縄の海が目の前のところに住んでるんです！

――身振り手振りを加えて話す亜門さんは抹茶ラテのカップをひっくり返してしまう。両耳を両手の人差し指でふさいで壁に向かって「あぶないねー、あぶないねー」とひとり言を繰り返す。「ごめんなさい！　僕いつもいろんなもの壊したり落としたりして、昔から興奮症なんで、驚かせてごめんね。手をすごく動かすので、僕の周りに物を置かない方がいいかもしれないね（笑）」。亜門さんは、膝《ひざ》にかかったラテの熱さをがまん。こぼしたカップを片づけて落ちつく。直樹さんは、テーブルの上が片づいた後、ご家族に促されて席に着く。拭《ふ》き残しの水滴が気になるようで、自分のハンカチで拭く。

「あ！　ごめんなさい！」。直樹さんは、すぐに席を立ち、部屋の隅に逃げる。

亜門　きれい好きなんですね……。話を続けていいですか？　僕は海の前に住んでいるんだけど、直樹くんはどうして海を愛しているんですか？　海の何がいいんですか？

直樹　苦しいと気持ちや感情が高ぶることがありますが、海はその気持ちをなだめてくれるからです。おわり。

亞門　本当にそうだよなー。僕も東京でずっと仕事をしていて、精神的に限界がきても、海の見える場所に行ったら、心が洗われます。確か直樹くんの連載コラムに、大きな自然がお母さんだとしたら、自分もその一部というか、自然の中にいると自分が母性に包まれたようにほっとすると書かれていましたよね。その文章を読んで、自然について僕も同じように感じていたから、共感したんです。自然のことをそんなふうに見るようになったのはいつ頃からですか？

僕は、この世界で〝ひとり〟だった

直樹　僕が自然を好きになったのは、物心がついてすぐです。

亞門　うんうん。

直樹　なぜなら、僕は誰とも話せなかったし、この世界で〝ひとり〟だったからです。

亞門　なんで、この世界で〝ひとり〟だと思ったんだろう？　お父さんもお母さんお姉さんもいるし、周りにもいろんな人もいる。なぜそれを直樹くんに聞きたいかというと、実は僕も自分のことを〝ひとり〟だと思っていたから。ずーっと学校が嫌いだったし、友達と話していても本当の話をしていないと感じてたり。両親は僕を愛してくれているのに、自分が〝ひとり〟だと思っていたのはなんでだろうとずーっと自分に問いかけてきたので。なんで〝ひとり〟と思ったんだろう？

直樹　話せないというだけでなく、僕はその場に合った態度や表情もできません。

亞門　……その場に合った態度か。僕ね、子どもの頃から人と好きなものが違っていて、たとえばみんなが「テレビの○○が好きだ」「○○がカッコいいね」と言っても、全然そう思えなかった。でも、学校での話題はみんなと同じじゃなきゃいけない。僕が好きだったのは日舞や仏像だけど、友達にはあまり言わなかった。僕は役者が演じるみたいに、学校では一所懸命演じてその場に合った態度をしていたんです。だから直樹くんの気持ちがわかる。

　人って、全部違うはず。世界中こんなに多くの人がいても、一人ひとり顔も違う。それなのに心はまるで〝ひとつ〟であるかのように、みんながまるで同じ一つの表情だとか考え方、理解できるものがあると思ってしまっていることが、本当は変！

でも僕も昔は、そう思えなくて苦労した。今は変な話、「みんなが変！〞ふつう〞はないんだ」と思うようになってから、すごく楽になれたんです（笑）。中には「みんな〞ひとり〞なんだ」っていうことを、大人になってからわかってポキッと折れちゃう人もいるから、僕が子どもの頃からそうやってきたことはつらかったけど、かえってよかったなと今は思えるんです。ごめんなさい。一人でしゃべっちゃった。

なんで、みんなが〞ひとつ〞の何かがあると思わされちゃうんだろう？　学校のせい？　日本だから？　何だろう？　そこに合っていない自分がいることを、なぜ認めてあげられないんだろう。

直樹　僕は、人は弱いから、誰かと同じでいたいのだと思います。

亞門　あー、そうか、そうだよね。じゃあ、人はもっと強くなったら、そういうことを気にしなくてすむのかな？　みんな違っていいんだ！　と強くなれたらいいのかな？

直樹　できるだけそうなりたいと思いますが、考えることと行動が一致しないのが人間です。おわり。

亜門　うわぁ、なるほど！　考えることと行動が一致しない。直樹くんは連載コラムのなかで、自分の行動を原始人みたいだと言ってましたね。考えてみると、社会とか人の関係とかがどんどん現代まで積み重なってきて、この人の前ではこうしなきゃいけないとか、わぁーっと喜びたい時に叫べないとか、悲しい時に泣けないとか、本当は行動したいのに自分の全部を表に出したらいけないと、心に蓋《ふた》をするようになった。行動に表すと変に思われるから。

僕もそれで苦しんできたし、そう思っている人は多いんじゃないかな。だから直樹くんの文章を読むと、わーっと解放され、心の奥に触れるんだと思う。

さっき、僕は抹茶ラテこぼしたじゃないですか。実は足が熱かったんだけど、〝大人だから〟「熱い！」って言っちゃいけなくて、うっとがまんしたんですね（笑）。もう五十過ぎてるし（笑）。必死に大丈夫、大丈夫と自分に言えるよう、社会の中で訓練してきた。だけど、うちに帰ったら、やっぱり「あーあ、熱かったな」と思うんですよ。ジーンズ洗いながら（笑）。

ちょっと違うかもしれないけど、大人とか子ども、社会や世間など関係なく、本当はみんな解放したいし、自分らしく生きたい。共同生活っておもしろいところと恐ろしいところがあるのかもしれない。でも人がいないと僕は生きていけないし、人が大好きだし人が怖い。

僕は〝原始人の要素をもった最新型の進化した人間〟

亞門　直樹くんはこれまで、自分の驚き、喜び、悲しみを、そう思った時に、どう解放してきたんですか？　もしかしたら、原始人みたいに？　そしてそれは今、どんどん変わってきている？　それとも講演をしたり、社会のなかに参加してきて、自分を変えようとしているんですか？

直樹　僕は、自閉症であることを……。

亞門　うん。

直樹　昔は悪いことだと思っていました。おわり。

亜門　今は違ってきたということですか？

直樹　けれども、自閉症は治せない僕の一部だとわかったのです。みんなは、みんなと同じことができないと、すぐに「おかしい」と言います。でも、僕たちも望まれて生まれてきたのです。僕は、自分のことをわかってもらいたいと願うようになりました。そう思ったことで、改めて自分というのは何者かと考えるようになりました。今の僕は、〝原始人の要素をもった最新型の進化した人間〟だと考えています。

亜門　う〜ん、ユニーク。今、望まれて生まれてきたと言ったけど、僕は子どもの頃ひきこもりで、自殺をしようと思ったことがあった。僕はこの世の中に望まれて生まれてきていないと。でも大人になって、演出をやったりしていたら、多くの人が喜んで聞いてくれて、年を重ねるごとに楽しくなって、やっと今、人間はみんな望まれて生まれてきていると思うようになった。

で、質問。直樹くんは、なぜ、望まれて生まれてきたって、思ったの？　それは誰に望まれているの？　どうしてそう思えたの？

直樹　僕が最初にそう思ったのは、幼稚園の小さな時です。

亞門　なんで？

直樹　僕は気持ちも伝えられず、何もできなかったので、周りから問題児だと言われていました。とても悲しく、絶望しました。その中で僕がいい子だと信じてくれたのが家族です。

亞門　家族に望まれて僕はいる、ということ？

直樹　そうです。僕は、人はどれだけたくさんの人に愛されてきたかということより、一人でもいいので、どのくらい深く愛されてきたかということが、その人の人生観を左右すると感じています。おわり。

——ここで約束のチョコレートケーキタイムが始まり、直樹さんは食べ終えて室外へ出る。直樹さんは、一度途切れた話を続けるために、もう一度入口から入るという行為を、最初からやり直す必要があったからだ。気持ちを立て直す時間も必要なため、しばらくうろうろした後、着席した。

直樹　人に対する対応ばかり気にする人が多いですが、本当に大切なのは相手をどう思うか、それだと思います。現実には、僕は失礼な態度ばかりしてしまいますが、宮本さんとお会いできてとても光栄に思っています。人は見かけだけではすべて判断できないことを、宮本さんはわかってくださいます。おわり。

亞門　ありがとうございます。会う前から、直樹くんから言葉をもらって勇気づけられていたんですが、僕も会えてすごくうれしい。こちらこそ光栄です(笑)。

あと、直樹くんの話す会話の中に入ってくる言葉(脈絡のない、さまざまな単語やつぶやき)がたまんないな。リズムがすっごくよくて、ぱっと解放される。幸せになる。あれが入ってくると、脳がぐっと固まって考えなきゃいけない時に解放させられるような気がします。まるで頭をマッサージしてもらってるみたい。僕も芝居をやってるから、同じセリフを繰り返したりします。リズムがいいから、頭に入る。楽しくなってくる。

——美紀(※直樹さんの母)「そんなふうに言ってくださる方は初めてです」

亞門　そうですか? 僕は志村《しむら》けんのナントカだったり、ああいうふうなおもしろいリズム、人の身体にすぐ入って、軽々と超えていく開放感のあるリズムで、好きです。

——美紀「直樹は身体のコントロールができなくて、そんな言葉が出てしまいます。この状況で直樹がどうしてそういうことを言うんだろうと、どう理解していいのかわからないという人が多いんです」

亜門　やっぱり、自分が理解できないことを怖がる人が多いからでしょうね。外国へ行くと、たとえばタイの人がリズミカルなアクセントで「〇〇」と発音したら、それが頭にこびりついて、いいなーとなるのと同じ。ただ直樹くんの場合、その言葉がしゅーっしゅーっと飛行機みたいに右に行ったり左に行ったりしてるのかも。僕は別に驚かないというか、楽しくなってしまう。どうしてもお母さんは生活の中では、周りがということでも気をおつかいになるのもわかりますが。

人から愛情をもらったことのない人はどう生きる？

亜門　さっき直樹くんは家族からも深い愛情をもらった、と言っていましたね。でも世界には、親から深い愛情をもらってない人もいると思う。そういう人はどうやって生きていったらいいんだろう？　直樹くんは心の中をこうして表に出せているからいいけど、そうじゃない人もいると思うんです。

僕も相談されて、「あなたが変えていけばいいんじゃない」とか答えるんだけど、直樹くんは何を言ってあげられる?

――ここでも亞門さんの質問に答えるためのシンキングタイム。直樹さん「一階でございます。二階でございます。三階でございます。四階でございます。五階でございます」。亞門さんは「ここって、何階建てなんだろ?」とつぶやく。一同爆笑。

直樹 僕は、人はつながりを強めたりゆるめたり、心配をかけたりかけられたりしながら生きていくのだと思うのです。さみしいと思う人もいるでしょう。〝ひとりぼっち〟で苦しんでいる人もいるでしょう。けれども、もともと人間は〝ひとり〟なのです。その事実に正面から向き合うべきではないでしょうか。僕は宮本さんの作品の「金閣寺」を観せていただきました。あの作品も同じことを伝えているのではないかと思いました。おわり。

亞門 なるほどね。「金閣寺」は大阪でご覧になりました?

――美紀「DVDです。すごく深い作品で、家族で拝見して本当に胸にずっしりきました。直樹はじっと座って観ることができないので、部屋を出入りしながら観ていたんです」

亞門 本当に、人って〝ひとり〟で生まれて〝ひとり〟で死んでいく。だからせつないな〜と思うけど、同時に愛《いと》おしいな〜と思うんです。〝ひとり〟であるということとちゃんと向き合って、だからこそ人がいることに感謝できる、愛情ももらい、愛情をあげて、お互い感謝して、ということだと思います。

直樹くんは自分の役割があるとしたら、それは何だと思いますか？

直樹　僕は、人は誰かに必要とされて生きることがいちばんの幸せではないかと思います。けれども僕たち障害者は、自分がこの社会で生きる存在理由をなかなか見いだせません。そのことがどんなにつらいかを世の中の人にわかってもらうこと、それから、僕のように重度の自閉症者にも、みんなと同じ内面があることを知ってもらいたいと思っています。

亞門　知ってもらいたいという役目が、直樹くんにあることはよくわかりました。でもそれにプラスして感心するのは、直樹くんは僕も含めて障害者じゃない人たちに対しても、いろんなものを与えてくれている。それは、僕が最初に直樹くんの文章を読んだ時から思っていることなんです。

直樹くんがこれからできることはたくさんあると思うから、一度きりの人生を存分に楽しんでね！　僕も楽しんで、演出という道具を使って、いろんなことを、いろんな人と出会ってやっていこうと思います。直樹くんも、障害者という一つのかたちをどんどん使って、どんどん広げてください。僕はまた、今日もとても幸せになりました。うれしいです。

直樹　僕も今日はとてもうれしかったです。今日のことは一生忘れません。どうもありがとうございました。おわり。

亞門　僕もですよ。ありがとうございました。おわり（笑）。

（編集部／敬称略）

魂からの言葉

僕は連載「生きていく風景」のファンだ。しかし正直に言おう、ここまで理路整然とした言葉が直樹くん自身から生まれてくることに疑いもあった。しかしそれは、横に座っていた直樹くんのご家族とお会いし、直樹くんの魂からの言葉を聞いて、見事に崩れ去った。彼の言葉は本などの教えからではなく、即興音楽のようなリズム、感情の音をともなって飛び出してきた。直樹くん、これからもお元気で、お会いできて光栄でした。

宮本亞門

みやもと・あもん　1958年、東京都生まれ。演出家。87年ミュージカル「アイ・ガット・マーマン」で演出家デビュー、88年文化庁芸術祭賞受賞。2004年、ニューヨークのオン・ブロードウェイにてミュージカル「太平洋序曲」を東洋人初の演出家として手がけ、同作はトニー賞の4部門でノミネートされる。ミュージカルのみならず、ストレートプレイ、オペラ、歌舞伎等、ジャンルを越える演出家として、活動の場を国内外で広げている。

あとがき

僕が生きていく風景は、美しいものばかりではないでしょう。読んでくださる方が、時には奇妙に思えたり、時には切なく感じたりすることがあるかもしれません。しかし、汚れていても、壊れていても、僕は、その景色の中で生き続けなければならないのです。

それは、悲しいことでしょうか。

僕は、そう考えてはいません。なぜなら、人は誰もが違う景色の中で生きているはずだからです。

大切なのは、目の前にある風景を見ているのは、自分だということです。その人が幸せかどうかは、本人が決めることです。

普通の人と同じことができないという点では大変ですが、僕は決して不幸ではありません。

同じ景色も風が吹けば変わります。その風を起こすのは僕の心です。目の前に広がる景色の中で、蝶《ちょう》の羽に、大木の一枚一枚の葉に、風の流れをつくることができます。

僕が風になるのです。どこまでも果てしなく吹く風になりたいのです。風が吹けば世界は変わります。僕が見ている風景は、やがて他の人の見ている景色も変えるでしょう。

自閉症の世界とみなさんの世界は、つながっているのです。これから生きていく風景に、どのような風が流れるのか、僕は楽しみでなりません。

僕は、自閉症の世界を多くの人に知ってもらいたいと願っています。そうすれば、自閉症だからという理由だけで、非難されたり嫌われたりすることはなくなると思います。

誰もが幸せになるために生まれてきたのです。

まっすぐな水平線の向こうに未来はあると、僕は信じています。

東田直樹

文庫版あとがき

たくさんの失敗を繰り返しながら、人は成長します。

僕もそうです。いくつもの挫折《ざせつ》を重ねて、現在まで生きてきました。きっと、これからも同じでしょう。

僕が生きてきた風景は、僕にしか語ることができません。それは僕が特別だからではなく、僕自身の人生を振り返った結果、生まれた文章だからです。

ひとりひとりの人生にドラマがあります。

過去に起きたすべての場面を思い出せなくても、記憶の断片をつなぎ合わせることで、ひとつの物語が完成します。

そのとき、自分はどうしたのか、何を思ったのか。

さりげないひと言に翻弄《ほんろう》されたり、偶然の出会いに心を奪われたり、運命は、些細《ささい》なことで変わってしまいます。

人の一生は、長いようで短いものではないでしょうか。

過ぎ去った日々の出来事について、初めから終わりまで覚えていなくても、泣いたり笑ったり怒ったり、さまざまな感情が込み上げていたに違いありません。

幸せな思い出は、生きるための糧になります。つらい思い出が自分を肯定するための足かせになるからといって、それを他の人のせいにしても、こうすればよかったと後悔する気持ちは変わらないでしょう。死ぬまで自分の心の中で、その痛みは重荷のように残ってしまうものなのかもしれません。

後悔とは、あとになって失敗であったと悔やむことです。でも、悔やんだからといって、過去が変わるわけではないでしょう。

僕は、後悔するという気持ちを、できるだけ小さくすることで、幸福感は高まるのではないかと考えることがあります。今が幸せならば、苦しかった過去さえも、自分に必要だったと前向きに捉《とら》えられるのが人だからです。

これまで見ていた景色に満足できなくても、僕は懸命に生きてきた自分を褒めてあげたいのです。たとえ誰からも理解されなくても、自分で自分を励ますことができれば、明日を生きる勇気がわいてくるのではないでしょうか。

僕にとって自閉症とは何か。

大人になった今も、その答えを探し続けている自分がいます。

なぜなら、幸せも不幸も自閉症という理由だけで説明できるほど、幸福の定義は単純ではないことを改めて知ったからです。

僕が生きてきた道のりには、どのような足跡が残されてきたのか。それをたどるのは、自分自身のためであり、この本を読んでくださる読者の皆様ためでもあると信じることで、僕は救われています。

風になり、花や木の声を聞いていた幼い頃、僕の見ている景色に人は存在していませんでした。やがて自分も人だということに気づき、思いを伝えることや人と関わることの楽しさ、そして大切さを学んでいったのだと思います。

自閉症の僕が生きていく風景は、これからも変化し続けるでしょう。未来という時間の中で世界も変わります。

僕の瞳《ひとみ》に映る景色が美しいものでなくても、自分の心が汚れなければ、希望をなくすことはありません。

世界中で悲しいことが起きないよう祈りを捧《ささ》げる人々と共に、あきらめない人生を送ることが僕の願いです。

二〇二〇年六月

東田直樹

本書は二〇一五年九月にビッグイシュー日本から刊行された単行本『風になる――自閉症の僕が生きていく風景（増補版）』を改題し、加筆修正のうえ文庫化したものです。

自閉症《じへいしよう》の僕《ぼく》が生《い》きていく風景《ふうけい》

東田直樹《ひがしだなおき》

令和2年 7月25日　初版発行
令和6年 4月25日　4版発行

発行者●山下直久

発行●株式会社KADOKAWA
〒102-8177　東京都千代田区富士見2-13-3
電話　0570-002-301（ナビダイヤル）

角川文庫 22241

印刷所●株式会社KADOKAWA
製本所●株式会社KADOKAWA

表紙画●和田三造

●お問い合わせ
https://www.kadokawa.co.jp/（「お問い合わせ」へお進みください）
※内容によっては、お答えできない場合があります。
※サポートは日本国内のみとさせていただきます。
※Japanese text only

ISBN 978-4-04-105667-7　C0195

◆◇◇

角川文庫発刊に際して

角川源義

第二次世界大戦の敗北は、軍事力の敗北であった以上に、私たちの若い文化力の敗退であった。私たちの文化が戦争に対して如何に無力であり、単なるあだ花に過ぎなかったかを、私たちは身を以て体験し痛感した。西洋近代文化の摂取にとって、明治以後八十年の歳月は決して短かすぎたとは言えない。にもかかわらず、近代文化の伝統を確立し、自由な批判と柔軟な良識に富む文化層として自らを形成することに私たちは失敗して来た。そしてこれは、各層への文化の普及滲透を任務とする出版人の責任でもあった。

一九四五年以来、私たちは再び振出しに戻り、第一歩から踏み出すことを余儀なくされた。これは大きな不幸ではあるが、反面、これまでの混沌・未熟・歪曲の中にあった我が国の文化に秩序と確たる基礎を齎らすためには絶好の機会でもある。角川書店は、このような祖国の文化的危機にあたり、微力をも顧みず再建の礎石たるべき抱負と決意とをもって出発したが、ここに創立以来の念願を果すべく角川文庫を発刊する。これまで刊行されたあらゆる全集叢書文庫類の長所と短所とを検討し、古今東西の不朽の典籍を、良心的編集のもとに、廉価に、そして書架にふさわしい美本として、多くのひとびとに提供しようとする。しかし私たちは徒らに百科全書的な知識のジレッタントを作ることを目的とせず、あくまで祖国の文化に秩序と再建への道を示し、この文庫を角川書店の栄ある事業として、今後永久に継続発展せしめ、学芸と教養との殿堂として大成せんことを期したい。多くの読書子の愛情ある忠言と支持とによって、この希望と抱負とを完遂せしめられんことを願う。

一九四九年五月三日